U0917050

Illustrated Classics

经典 看得见

DR JEKYLL AND MR HYDE

化身博士

插图典藏版

ROBERT LOUIS STEVENSON | GARY KELLEY

〔英〕史蒂文森 著

〔美〕加里·凯利 绘

赵毅衡 译

CNS PUBLISHING & MEDIA 中南出版传媒

湖南文艺出版社

罗伯特·路易斯·史蒂文森

Robert Louis Stevenson

英国小说家，1850 年生于苏格兰爱丁堡。代表作品有长篇小说《金银岛》《化身博士》《绑架》《卡特丽娜》等。

加里·凯利

Gary Kelley

美国艺术家，当今世界上最出色的插画家之一，他的粉彩技法卓越，以细致的写实风格和独具一格的哥特式透视闻名，迄今已赢得 27 枚美国插画师协会颁发的金质或银质奖章，2007 年入选美国插画师协会名人堂。插画代表作包括《少年维特的烦恼》《化身博士》《包法利夫人》等。

赵毅衡

Zhao Yiheng

四川大学教授，知名作家、符号学家。主要著作有《远游的诗神》《符号学：原理与推演》《赵毅衡文集》等；主要译作有《化身博士》《美国现代诗选》等。

史蒂文森夫人序

我和我的丈夫刚从耶尔[1]回到英国时，我们满心打算回去过冬。但是我公公的健康状况正在急剧恶化，爱子离开英国对他将是一个沉重的打击。因此，我们只得不定期地留居于伯恩茅斯[2]。这个决定，至少从我这方面说是颇为勉强的。我想大概是作为对我同意此计划的奖赏，或是希望我们能长期定居下来，我的公公送给我一幢美丽的小房子。我们称它为“斯开里伏”。这房子面积不大，但是草地、花床、后院都安排得很妥帖，甚至还有一个小小的峡谷，谷底流着一涧溪水。在房子旁边，我们从未使用过的马厩里有个巨大的鸽舍，上面爬满了常春藤。

1 法国东南部城市，史蒂文森曾于此地养病。

2 英国多塞特郡的一个镇。

我们刚到伯恩茅斯时，W. E. 亨利先生[1]来住了一阵，与我丈夫合作写剧本。等我们在斯开里伏定居下来时，他又来了，那时他们的剧本《迪肯·布罗迪》已经在伦敦上演，只不过在戏剧评论界受到些赞扬，但是亨利先生希望他们能从中获得合作的经验，写出些受公众欢迎的东西。

我丈夫在爱丁堡幼时居住的房间里，有一个这位臭名昭著的迪肯·布罗迪手制的大书橱和一个抽屉柜，这个布罗迪白天是个备受敬重的手艺人，夜晚则干行窃勾当。艾莉森·坎宁安[2]用她那苏格兰人的丰富想象力，从这几件普普通通的家具上编织出许多浪漫故事来逗乐这小娃儿。多年后，我的丈夫在一本法国科学杂志上读到一篇关于潜意识的文章，深有所感。这篇文章，加上关于迪肯·布罗迪的回忆，萌发了后来这个剧本的情节，此后这题材又在短篇小说《马克海姆》中出现，最后，我丈夫在一次肺病发烧咯血时，引出了杰基尔与海德的形象。

我的丈夫对写剧本并无特殊爱好，虽然《奥托亲王》开始时是以剧本形式构思的。但是亨利先生有个本领，能叫

1 英国作家（1849—1903）。

2 史蒂文森孩提时代的保姆，史蒂文森曾把他著名的儿童诗集《一个孩子的诗园》题献给她。

别人也染上他的热情，甚至连我都心不由己地被拖入这个旋涡。我记得因为我给《几内亚海军上将》出过点子，他们答应用首演的收益给我买对红宝石手镯。那些剧本都是按亨利热烈火辣的风格写成的，他的影响君临一切，只有实际的文学形式是我丈夫的功绩。他们先搞了一个简单灵活的梗概，然后每人提供一些段落，使之延伸扩展并给予细节描绘。他们俩之间有个协议：只要一方对另一方写的东西有异议，就毋庸讨论，一笔勾去——这种工作程序我相信只能使双方的工作都受损害。

亨利住在斯开里伏时，我丈夫的一些朋友几乎每天晚上都来坐上两小时。这些夜晚，充满妙趣横生的谈话，是我丈夫一生中最愉快的经历之一。但是医生禁止他们再来，说是这种谈天太容易使人兴奋。他只好伤心地同意了，重新回到他的"床褥天地"，去吹他那一文钱的口哨。当这样做也被禁止时，他只好玩报纸上刊登的象棋残局。但由于与亨利先生整整周旋了一天之后，他已精疲力尽，残局解疑对头脑并非良药。我的丈夫一向有想睡就睡的本事，他往往说一句："半小时后叫我。"便把头往枕上一搁，闭上眼就沉入梦乡了。可是现在他第一次变得辗转不安，睡眠断断续续，梦神们一夜忙碌，用幻想的棋局问题来纠缠他，而更经常的情况，则是召回些早已忘却的往事。在一次他被强迫暂停合写戏剧时，《化身博士》在梦中出现了，我丈夫恐怖地大叫起来。我不得不叫醒他，但他发火说："我正梦见一个极妙的妖怪故事。"他责备我，然后给我讲了杰基尔和海德的故事，一直说到变形的场面——那正是我叫醒他的时候。

天亮时，他已经坐下来狂热地写一本新书。三天内就写完三万字的初稿，但他把稿子全毁了，又换一个角度重新写过——从寓意角度写。这层意思初稿中已可以捉摸，但没能抓牢，可能是因为写得太急，也可能是受梦境的影响。又过了三天，这本书已经写成，除了个别细节尚须修改外，已可付印。这工作量是惊人的。我丈夫前段时期正苦于不断地咯血，我们几乎不让他讲话，跟他谈事情要用纸笔。他的房间里不允许同时有两个客人。要是哪个人得到医生的恩准，谈话也不准超过十五分钟。我的讨人嫌的任务是站在门口，手里拿着表，到时间就提醒来访者。

《化身博士》立即轰动英美，大获成功，在美国被人偷印，大量发行，甚至牧师们在讲道时也用上此书。这本小说至少三次被改编成舞台剧，但唯一比较好的本子是 T. R. 苏利文先生[1]改写的。他把剧本寄给我丈夫，请求修改指正。公众总是有个癖好，想在作家与他在某一本书中创造的人物之间画等号，我的丈夫的相貌被描写成介于杰基尔博士与海德先生之间的一种怪模样。有一位评论家写道："他看起来好像被淹得半死，刚从水里拖上来，长头发湿淋淋地沾在头上。"甚至给他画像的画家也明显地企图把幽灵般的气质糅合进《化身博士》作者的肖像中。可是却没人把他想象成奥托亲王，其实他倒有点像这个人物。

此后我的丈夫收到过许多怪信，尤其是那些灵学家和神秘感悟派写来的。他们相信我丈夫在写这小说时必然得到过超自然力的引导。有一封信是个德国伯爵夫人写来的，她问这小说是否真是梦境的产物，如果真是如此，事情就不妙了，因为这表明了灵魂中"黑白两种魔力的斗争"。这位伯爵夫人请求我丈夫赶快信奉神秘感悟主义的真理，否则黑魔力将取得控制权，伯爵夫人一口咬定"如此下去，结果将极其悲惨"。

范妮·奥斯本

1　美国作家（1849—1916）。

目　录

第一章

门的故事

律师厄塔森先生是个身材高瘦、面目粗犷的人，脸上从无笑容，生性沉默寡言，不善交际，叫人觉得索然无味——但说到底，他却是个讨人喜欢的人物。每当好友相聚，只要酒合口味，他的眼中便充满一种敦厚的温情。他的品格确实从未在谈吐中表现出来，但饭后他那沉默的面容却是这种品格的象征，而他的行动更是这种品质有力的证明。他严于律己，独处时只喝杜松子酒[1]，目的是煞一煞喝上等佳酿的瘾头。他虽然喜爱戏剧，可已有二十年没进剧院的门了。不过，他对别人却很大度宽容，虽然有时对某些人一味胡作非为的精神倾向表示关注，甚至有点嫉妒，但无论闹到

1　一种价格适中的酒。

何种地步，他都宁可提供救助，而不愿加以指责。他经常颇为风趣地说："我不反对该隐的歪门邪道[1]，我放手让我的兄弟上魔鬼那儿去。"有这样一种性格，他就只好经常做那些走下坡路的人的最后一个正派朋友，发挥最后一点良好的影响；这些人，只要上他家来，他都一视同仁，没有一丁点儿势利。

无可置疑，乐于行善原是厄塔森先生的天性，因为他是个最不喜欢表现自己的人，甚至他的友谊也建筑在一种与人为善的信仰上。接受命运为他安排的现成的社交圈子，是一个人处世谦恭的标志。而这也是律师的交友之道。他的朋友多半是亲戚，或是结识多年的熟人。他的感情就像常青藤，年代越久远越茂盛，但他对结交的对象却并无特别的要求。因此，毫无疑问，他与他的远亲——有名的花花公子理查德·恩菲尔德之间的友谊也就是按这种格式形成的。好多人对此迷惑不解：这两个人互相看中了对方什么呢？他们之间能有什么共同兴趣？据那些见到他俩每星期天一起散步的

1　据《圣经》载，亚当和夏娃有两个儿子。该隐是长子，但却是个"不信神的恶棍"，经常和"善良虔诚"的兄弟亚伯发生争吵，最后竟杀死了亚伯。

人说，他们之间话也不谈，沉闷得出奇。一旦遇到一个可打招呼的人，两人都要松一口气。尽管如此，这两人依然很重视他们例行的散步，把它作为每星期最珍贵的活动。为了散步时不受打扰，他们不但可以把娱乐抛到一边，甚至连分内的要事也可以置之不顾。

事情发生在他们某一次散步的时候。那天，他们走到伦敦闹市区的一条小街上。街很窄，但还算安静。平时不是星期日的时候这里生意倒也相当兴隆。街上的居民看来大都家底殷实，而且巴巴实实地想着再富一些，所以把多余的钱全用在装点上。于是大街两边的橱窗更显得引人注目，就像两排笑容可掬的女店员。在这星期天，那些色彩缤纷的陈列已罩上纱幕，路上行人稀少。尽管如此，这条街与周围那些邋遢的街相比，仍然光彩照人，有如森林里烧着的一把火。刚漆过的百叶窗，擦得光光的黄铜把手，整齐清洁，色调明丽，吸引着过路人的注意，让人赏心悦目。

顺左手拐弯，往东走过两个门面，墙上开着一扇门，通向一座院子。这里有一幢模样难看的两层楼的大房子，它的山墙紧挨着街边，没有窗户，只在底楼有个门，门楣以上的墙面早已褪色，好像没眼睛的额头。种种迹象表明，这里已

长期无人打扫，显得又脏又乱。门上既没铃，也没门环，漆皮起泡，斑斑驳驳。流浪汉懒洋洋地靠在那儿，在门板上划燃火柴；孩子们则在台阶上摆小摊；小学生在墙根凸缘上试刀子。差不多有一代人之久，从没人把这些不速之客赶走，把糟蹋坏的地方修复……

恩菲尔德先生和厄塔森律师这时正走到街对面正对着这道门的地方。恩菲尔德举起手杖指了指门说：

“你注意过这门吗？”他问。他的朋友表示肯定，他又说：“这扇门在我记忆中牵涉到一个非常离奇的故事。”

“哦？”厄塔森说，他的声音有点异样，“怎么回事？”

“呃，是这么回事。”恩菲尔德叙述起来，“那是一个漆黑的冬夜，凌晨三点钟左右，我刚从某个天涯海角的地方回来。一路上什么都看不到，只见到街灯，一条接一条的街。所有的人都沉睡了，街上灯火通明，像有队列通行；但又空旷得像座教堂。我一个人听啊听啊，最后竟产生了这样一种心情：希望看到一个警察才好。正在这时，我忽然看到两个人影：一个矮个儿男人，正噔噔噔地快步朝东走；另一个是个小姑娘，大约九岁的模样，她正在一条横街上拼命地奔跑。你瞧，这两个人当然会在转角上撞作一团啦。接着出现了可

怕的事：那男人若无其事地从孩子身上踩过去，听任她躺在地上尖叫！听起来倒没什么，可是那景象实在可怕。这简直不是人干的事。他好像印度教的神车[1]，从人身上碾过去一般。我大喊一声，猛追上去，抓住那位绅士的领子，把他揪回原地。这时那里已经有一大群人围住那个惨叫的孩子。但这人表现得非常冷静，也不反抗，只是朝我看了一眼，眼光如此凶恶，使我顿时浑身直冒冷汗。那些闻声跑来的人是女孩家里的人。不久，医生也到了现场。原来那女孩子就是家里打发去请医生的。据医生说，孩子的情况还不怎么要紧，主要是惊骇过度。你大概以为事情就此可以了结了吧？怪就怪在这儿。我第一眼就对这位绅士十分憎恶，那孩子一家对他当然不用说了。可那医生竟也如此，这使我十分诧异。他是那种再普通不过的行医者，说不出多大年纪，相貌也没什么值得一提的。一口爱丁堡[2]口音，冷冰冰的，就像一管苏格兰风笛。嘿，先生，那医生跟我们一样，每次朝那家伙瞅一眼就会一阵恶心，脸色发白，仿佛恨不得宰了那家伙。我明

1　原文为 Juggernaut，指印度教主神毗湿奴的其中一个化身。相传每年例节人们用大车载其神像游行时，善男信女多甘愿投身车下被碾过。

2　苏格兰一城市名。

白他心里想什么，他也明白我的心理。既然‘宰’了他是不可能的事，我们就取中策。我们告诉那家伙：我们能就这桩事大做文章，叫他的名字从伦敦这头臭到那头。要是他在社会上有交际来往，有点儿信用，那就会立即丧失殆尽。我们就这样连吓唬带威胁，一面尽可能地把妇女们拦在外围，因为她们个个都已经变得像妖婆那么疯狂了。我从没见到过这么一圈仇恨的脸孔。而这个陷入重围的人却漠然置之，阴森森的，似乎在嘲弄我们——我看他也吓得不轻——但是他应付自如。先生，这人就像个魔王，毫不在乎。他说：‘要是你们想拿这件事来敲竹杠，我自然也没办法。没有一个正派人愿意出乖露丑。你们开个价吧！’哼，我们逼他赔偿孩子的家庭一百英镑。他显然不同意，但看到我们这么一大群人个个摩拳擦掌，存心拿他下手，他终于也只好认了。接下来的问题是如何付钱。你猜他把我们带到哪儿？就带到这门口！他抽出一把钥匙，开门走进去，接着又出来了，带着十镑金币。余额是一张开给库茨银行的支票，写着‘见单即付携支票者’，签有一个名字，这个名字我不便说出来，虽然这是我的故事的主要内容之一，但至少我可以说这名字人尽皆知，而且常常见报。钱数确实不少，但这签名如果是真的，当然比这笔钱值钱得多。我冒昧地向那位绅士指出这张支票大有可疑之处：一个人哪能凌晨四点钟闯进别人屋里，拿出一张几乎有一百镑的支票！但他淡然一笑：'放心，我跟你们待在一起，等银行开门，我自己拿这张支票去兑现。'于是我们朝银行走去。医生、女孩的父亲、一伙朋友，还有我，先到我的房间里坐等天亮。一早，我们用过饭，一起上银行去。我亲手递进这张支票，并说我完全肯定这签名是伪造的，不料结果并不是这么回事，支票是真的！"

"啧——啧。"厄塔森惊叹起来。

"瞧，你的感觉跟我一样。"恩菲尔德说，"是啊，这是个很糟糕的故事。那人是个谁也不想跟他打交道的家伙，一个真正该下地狱的恶棍；签支票的人家资巨富，赫赫有名，而且，更糟糕的，是你们这批所谓功成名就的人中的一个。依我看，这是桩讹诈案。一个老实人，不得不为他年轻时干的蠢事付出代价，因此这个门里的房子可以叫作讹诈堂吧。但即使这样解释，有的地方还是不太清楚。"他补充说了这一大段话，重又陷入沉思。

但厄塔森突然提出一个问题，把他从沉思中唤醒："你知不知道签支票的人是否住在这房子里？"

“应当住在里面，不是吗？”恩菲尔德说，“但我却碰巧注意过他的住址，他住在另一个广场。”

“你从来没打听过那门里住的是什么人家吗？”厄塔森问。

“没有，先生，我做事尚知分寸。我很想问个清楚，但这有点像参与末日审判。你这么一问，就好像从山头上推下一块石头，静坐在山头看着那石头朝下滚，撞到别的石头，不用多久，一个老实人（完全出乎你意料的人），就会在他自家后院里，脑袋被石头打中，这一家就得换主人！不，先生，我给自己立下规矩：越是怪事，就越要少问。”

“真是条好规矩。”律师说。

“但我察看了一下这个地方，”恩菲尔德说，“它不像一幢房子，没有别的门，也没有人进出，要隔好多天，我那故事中的主人公才进出一次。底层没窗，二楼上有三樘窗朝着那块小空地，擦得很干净，但总是关着。还有一个烟囱，大部分时间都在冒烟，所以里面肯定有人住。但也难说，院子里房子挤得很紧，说不出哪幢连着哪幢。”

两人又默默走了一段路。厄塔森忽然说：“恩菲尔德，你那条规矩可真好。”

“是啊，我也这样认为。”恩菲尔德回答。

“尽管如此，”律师接着说，“我还有一个问题，我想问的就是往那个小孩身上踩的人的名字。”

“好吧，”恩菲尔德先生说，“我看这关系不大。此人名字叫海德。”

“嗨！”厄塔森说，“他什么模样？”

“很难描绘！他相貌上有种很怪的东西，有一种叫人不快，叫人厌恶甚至害怕的东西。我从来没有讨厌一个人达到如此程度，但我说不出什么原因。他该是什么地方有点畸形吧，他给人一种强烈的畸形感。但我说不出到底哪儿出了毛病。他是一个相貌奇特的人，但我也说不出究竟什么地方特别与众不同。不，先生，我帮不上忙，我描绘不出。这倒不是因为记忆力不行，我敢说就在此刻他的脸还浮现在我眼前。”

厄塔森先生一言不发，继续走了一段路，显然是在沉思，最后他问：“你肯定他用的是一把钥匙？”

“瞧你问的！……”恩菲尔德诧异得不知说什么好。

“是啊，我明白，”厄塔森先生说，“我明白我这问题太古怪。事实上我并没问你另一个人的名字，因为我心里已经明白。你瞧，理查德，你的故事正击中要害。你要是在哪个细

节上说得不太精确，最好纠正一下。”

“我觉得你应该早点提醒我才对，”恩菲尔德不无恼怒地回答他，“我像个老学究一样精确。那个家伙有把钥匙，而且，他现在还带着，一个星期前我还看见他开门来着。”

厄塔森先生深深地叹了一口气，没有作声。但年轻的恩菲尔德又说下去：“这是又一个教训：我太多嘴多舌了，真惭愧。让我们讲定，今后别再提这事了。”

“我由衷地赞同，”律师说，“理查德，让我们握握手，一言为定。”

第二章

寻找海德先生

那天晚上，厄塔森先生回到他那单身汉的家里，心情烦躁，坐下来吃饭时没一点胃口。他每个星期天的规矩是：晚饭吃完，坐在炉边，放一卷枯燥的神学著作在桌上，直到附近教堂的钟敲响十二下，他才上床，心情坦然舒畅，对上帝的恩德充满感激之情。但这天晚上，桌布一撤，他就拿了一支蜡烛走进他的事务处，打开保险箱，从最秘密的地方取出一份文件，那文件封面上写着“杰基尔博士遗嘱”。他坐下，满面阴沉地研究文件内容。这遗嘱是立书人亲笔写的。厄塔森先生虽然受托负责执行已经立好的遗嘱，但当初立书时他却拒绝给予任何帮助。遗嘱上不仅规定在拥有医学博士、民法学博士、法学博士、皇家学会会员等头衔的亨利·杰基尔博士逝世时，他所有的财产转入他的“朋友兼恩人”爱德华·海德之手，而且还规定在杰基尔博士失踪，或无缘无故连续三个月不见踪影时，爱德华·海德也立即可以继承亨利·杰基尔的财产。除了给博士亲属的几笔小数目外，没有其他任何附加条件或义务。这份遗嘱一直是律师的肉中刺。作为一个律师，他对这种条文感到生气；作为一个头脑清醒、尊重生活习俗的人，他也感到恼火。在他看来，荒唐的想入非非是不正派的。更使他气恼的是，直到今天之前，他对这个海德一无所知！而今天，情况突然一变，他对海德已有所知，这使他气愤。本来，当这名字只是他无法了解的一个谜时，事情就够糟的了；而现在，这名字上又添加了那么可恶的品质，情况就更糟。现在，从那些长期遮住他视线的虚无缥缈的迷雾中，突然跳出了一个有血有肉的恶魔！

“我原以为这是发疯，”他说，把那引起他强烈反感的文件放回保险箱，“现在我开始害怕这是桩非常丢脸的事。”

说了这话，他吹熄蜡烛，穿上大衣，走向卡文迪许广场那座医学城堡，那里住着他的朋友——杰出的拉尼翁医生一家。他在那儿诊治蜂拥而至的病人。“要是有人知情，那只有拉尼翁了。”厄塔森心里想。

那面孔一本正经的管家认识他，把他迎进去，没来通报一类的繁文缛节，直接把他带到餐厅。拉尼翁正坐在那儿喝酒。这是一个生性和蔼、心宽体胖、衣着讲究、脸色绯红的绅士，蓬乱的头发过早地白了。他声大嗓粗，有种毅然决然的风度。看到厄塔森先生，他从椅子上站起身来，伸出双手表示欢迎。看他那殷勤的姿态，就像在演戏，然而这却是出自诚挚的感情。因为他们俩是老朋友，中学同窗、大学校友。两人都是既自尊自爱，又互相钦佩，因此每次见面自然相谈甚欢。

闲扯了一阵之后，律师就把谈话引到这个使他烦恼的题目上。

“我看，拉尼翁，”他说，“你和我应当是亨利·杰基尔最老的老朋友了吧？”

“我但愿咱们是年少点的朋友，”拉尼翁先生咯咯一笑，“不过我想应当是的吧。你想说什么？最近我很少见到他。”

“真的吗？”厄塔森说，“我还以为你们有不少共同兴趣。”

“曾经有过。但十年之前，亨利·杰基尔在我看来就已经太荒唐、太过分了。他出了毛病，头脑里的毛病。虽然看在往日的情分上，我对他还是很不错的，但打那以后就很少见到他。”医生突然涨红了脸，激愤地说，“如此违反科学的无稽之谈，即便刎颈之交也得分道扬镳！”

这一场小小的发火倒使厄塔森放下心来。“他们只是在科学问题上有分歧。”他想。他自己对科学（除了有关财产转让问题）并没有什么热情。他甚至还想：“不过如此而已！”他停了一会儿，等他的朋友恢复平静后，便提出了他特意来打听的那个问题：“你有没有见到过他挺宠爱的一个人——一个叫海德的？”

“海德？”拉尼翁重复说道，“没有，从来没有，有生以来没听说过。”

律师能带回到他那张大床上的，就是这么一点情况。他整夜辗转反侧，直到东方渐露晨曦，整整一夜他没给他那辛苦的头脑提供一点休息时间，他的思想在漆黑一团中苦恼地折腾着，被各种问题包围着。

教堂离厄塔森住所很近，钟敲六点时，他还在那个问题中翻箱倒柜。在这以前，这个问题只是使他百思莫解而已，而现在他的想象也卷了进来，更确切地说，也开始受这问题折磨了。他躺在床上翻来覆去，在漆黑的夜里，在挂着帷幔的房间里，恩菲尔德的故事闪现在他头脑中，像一卷连续的图画。他看到了夜城，一排排路灯，然后是一个人在疾走，一个小姑娘从医生那里回来，然后两人相撞，那恶魔把孩子踏在地上，不顾孩子尖叫继续往前走。或是他看到一个陈设富丽的房间，他的朋友躺着做梦，在梦中微笑，突然房门打开，帐幕撩起，这睡着的人被叫醒，瞧，前面站着一个人，拥有特殊权力，就是在这种时刻他都必须起身按其吩咐行事。一个人物、两段情节，整夜在律师头脑中作祟。他有时迷迷糊糊睡去，却看到那人更加贼头贼脑地在大家都已睡着的房子之间穿来穿去，越走越快，越走越快，快到叫人晕眩的程度。他穿过城市灯光的迷宫，在每个转弯处撞倒一个女孩子，让她们躺着尖叫。但是这个角色却没有一张厄塔森一眼就可以识别出来的脸，甚至在梦中这个人也没有脸，或者只有一张看不真切的，在他眼前融化开来的面庞。因此，律师突然产生了非常强烈的好奇心，几乎是过分的好奇心，他非要亲眼看看这个真正的海德先生不可。他想，只要他能好好瞧上一眼，这秘密就会揭开一部分，甚至能完全揭开，正如一切貌似神秘的事都经不起仔细推敲一样。他可以看出他的朋友做出如此抉择，或承担如此义务（随你怎么说吧）的理由究竟何在，甚至能看出遗嘱上那叫人胆战心惊的条款究竟

是什么意思。至少，这张脸，一个没心肝、没天良的人的脸，一张只要稍一露面就让那位难得动感情的恩菲尔德长期感到憎恶的脸，是值得一看的。

从那时起，厄塔森就开始经常在那满是店铺的小街上，在那扇门前徘徊。在早晨上班之前，在中午业务最忙的时候，或者在夜里，在俯临雾城的月光下。总之，不论白天黑夜，不论什么时间，不管是阒无人迹，还是车水马龙，律师总是站在他选定的那个位置上。

他想："他能做无踪君子[1]，我就能做追命太岁。"

他终于如愿以偿。那是一个明朗无雾的夜，霜气凛人，街道像舞厅地板一样干净，没有一丝风摇撼灯光，因此路灯画出的光影线条分明。十点左右，店铺都关门了，小街上十分幽静，虽然伦敦城周围还在隐隐喧号。一点轻微的声音都能传得很远；房子里家务杂事的声音在街两边都能听到，远远就能预先听见一个行人的脚步声。厄塔森先生站在那固定的位置上已有好一阵子，这时他听到一种奇异的轻快的脚步声越走越近，最近他每天夜巡，已经听惯了一个行人尚在远

1 原文直译即"海德先生"。"海德"（英文 Hyde）与"躲藏"（英文 Hide）同音，这里是双关语。

处、人未到声先行所产生的特殊效果：那声音往往从城市低沉的嗡嗡声里突然跳出，变得清晰可闻，但是却从不像这次的脚步声，它是这样强烈地、明确地抓住他的注意力，他敏锐地、几乎有点迷信地预感到这次要成功。他缩进房子间的小空地。

脚步声很快逼近了，在街角转个弯，突然变得很响。律师从墙角朝外观察，很快看清他要与之打交道的是个什么人物。那人个儿很矮小，穿得相当素净；他的面容，甚至离那么远，也使观察者强烈地感到憎恶。那人笔直地向那门走去，斜穿马路以节约时间。当他走近门口时，像一个回到家的人，从袋里抽出钥匙。

厄塔森先生一步跨出，在那人擦过身边时，碰了碰他的肩膀，问："是海德先生吧？"

海德猛然朝后一缩，倒抽了一口凉气。但他的恐惧只是一刹那的事。他不正视律师的脸，冷冰冰地回答："正是，您有何贵干？"

"我看到您正在往里走，"律师说，"我是杰基尔博士的老朋友——住在贡特街的厄塔森——您必定听说过我。在如此不便的情况下跟您见面，还望恕罪。"

“您见不到杰基尔，他不在家。”海德一边说着，一边插进钥匙。突然，他头也不抬地问道：“您怎么知道我的名字？”

“我也有一事乞君见惠，行吗？”厄塔森说。

“乐意遵命，”那人回答，“什么事？”

“能否让我一睹尊容？”律师说。

看得出海德犹豫了一下，但他似乎突然头一转，带着挑衅的神气，把脸对着厄塔森，这两个人一动不动，互相凝视有好几秒钟。“现在我有幸认识您了，”厄塔森说，“可能会有所裨益。”

“不错，”海德先生说，“既然我们见了面，顺便，我可以告诉您我的地址。”他说出苏活区[1]一个街名和牌号。

“我的老天，”厄塔森想，“他肯定也一直在想那遗嘱吧！”但他不露声色，只是嘟哝了一声，表示听懂了那个地址。

“那么，”对方说，“您怎么会认识我的呢？”

回答是：“听人说的。”

“谁说的？”

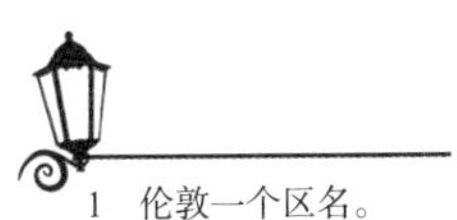

1 伦敦一个区名。

“我们有共同的朋友。”厄塔森说。

“共同的朋友？”海德先生声音沙哑地重复这几个字，“谁？”

“譬如说，杰基尔。”律师说。

“他从来没跟你说过！”海德吼起来，气得脸都涨红了，“我没想到你还会撒谎！”

“嗨嗨，”厄塔森说，“说话客气些。”

那人的嗥叫变成一声疯狂的大笑，一眨眼间他动作迅捷地开门，消失在屋里。

海德先生走后，律师还站了一阵子，他心烦意乱，然后慢慢地沿街走回去，每走一两步就停一下，以手扶额，如同一个心中疑云密布、苦于索解的人。他一路走时心里在争辩的问题可不那么容易得到解答。海德脸色苍白，身材矮小，给人一种畸形的印象，但又叫人说不出畸在何处；他的笑容叫人不快，给律师一种胆怯和鲁莽混合的可怕印象；他讲话时喉咙沙哑，低声轻语，似乎嗓子坏了：所有这些都不是好事，但这些全加起来仍不能解释厄塔森看到他时感到的那种无可名状的厌恶、憎恨和恐怖。“总还有点别的东西，”律师心情沉重地说道，“总还有点别的东西，可是我说不出个究竟。上帝保佑，这个人实在不像有人性，好像有种人猿似的东西。怎么说好呢？难道那是费尔博士的老故事[1]？还是仅仅是一个丑恶灵魂的光从里面透出来，使包裹灵魂的肉体发生了变化？如果真是如此，哦，可怜的哈里[2]·杰基尔，如果我曾在一张脸上看到魔王的签名，那就是在你这位新朋友的脸上。”

在小街转弯处有一个广场，建筑都是些古老漂亮的房子，但现在已从昔日荣华高贵的地位败落下来，房间已成套或单间出租给各式人等：刻地图者、建筑师、形迹可疑的律师、野鸡公司的代理人等。然而有一幢房子，从边上数第二幢，还是一家独占。这家大门还有一种安富尊荣的神气劲儿，虽然在这个时辰已隐藏在夜色之中，只有门楣上的扇形窗还透出光来。厄塔森先生停下来敲门，一个衣冠楚楚的老

1 约翰·费尔博士（1625—1686），基督堂修道院院长。据说他要开除一个太爱开玩笑的修道士汤姆·布朗，除非他能译出一首很困难的希腊警句诗。布朗当场口占一首：

费尔博士，我讨厌你。
我说不清此中道理，
但这一点我完全清楚：
费尔博士，我讨厌你。

这里借用此典故，说他对海德的憎恨说不出道理。

2 哈里（Harry），杰基尔的名字亨利（Henry）的爱称。

仆人开了门。

“杰基尔博士在家吗，普尔？”律师问。

“让我看看，厄塔森先生。”普尔一边说，一边把来客让进屋。这是一间天花板较低的宽敞大厅，地面是石板铺的，像英国农村风俗，烧着一堆明晃晃的火，家具全是名贵的橡木质的。“先生，您是在火边稍坐，还是让我给您点个灯到餐厅里坐坐？”

“就这儿，谢谢你。”律师说。他抽身坐近炉火，靠着那高高的围栏。现在只留下他一个人独自坐着的这间大厅是他的朋友——那位博士先生心爱的幻想之产物。厄塔森自己以前也常说这是全伦敦最舒适的一个房间。但今晚，他的血在不停地战栗，海德的脸沉重地压在他的记忆中，他感到（这在他是很少有的事）恶心，感到对生命的厌恶；他的精神如此抑郁，似乎在家具上反射出来的闪烁火光中，在天花板上影子不安的跳动中，他也看到一种威胁。当普尔不一会儿回来告诉他杰基尔不在家时，他反而觉得轻松了，他有点为自己感到害臊。

“我看到海德先生从那老解剖室门里走进来，普尔。”他说，“杰基尔博士不在时，海德也能这么进来吗？”

“不错，厄塔森先生，”那仆人回答，“海德先生有把钥匙。”

“你的主人看来对这年轻人很信任哪，普尔。”厄塔森若有所思地继续问道。

“是的，不错，是这么回事。”普尔说，“主人命令我们都服从他。”

“我想我从来没在这里会到过这位海德先生吧？”厄塔森又问道。

“哦，老天，没会过，先生，他从来不在这儿吃饭。”管家回答说，“实际上在屋子这边我们也很少见到他，他一般都从实验室那门进出。”

“好吧。晚安，普尔。”

“晚安，厄塔森先生。”

律师朝家走，忧心如焚。“可怜的哈里·杰基尔，”他想，“真叫人难受，他的日子一定很不好过啊！他年轻的时候有过一段放浪形骸的生活，那是多少年前的事了。不错，但是在上帝安排的法律中，是没有追诉时限的规定的。哎，肯定是这么回事：那是多年以前罪孽的幽灵，那是隐藏起来的耻辱长成的毒瘤。好多年过去了，记忆中早已忘却，自爱心早已原谅了这错误。但惩罚最后还是缓慢地却又无法躲避地来到。”想到这里，律师自己心中害怕起来，他也追思自己的过去，在记忆的各个角落里搜寻，怕的是碰巧一个多年的宿债会像匣中鬼[1]一样跳出来：他的过去真可说是白璧无瑕，很少有人能像他这样怀着极少的恐惧读自己的历史。但想到做过的许多事，他依然羞愧得无地自容；又想到许多他差点儿动手却又悬崖勒马的事，一种又惊又喜的感恩心情不禁油然而生。然后，当他又重新思考那问题时，他突然看到了一线希望之光。“这个海德先生，只要仔细调查，肯定也有他自己的秘密。瞧那脸，肯定有些见不得人的隐私。跟他比，可怜的杰基尔做的最坏的事也像太阳那么光明。事情不能再这样下去，一想到这个怪物像贼一样摸到哈里的床边，我的心就凉了半截。可怜的哈里，他被人弄醒时，那景象该多惨！而且多危险！要是海德猜到有这么一个遗嘱，他很可能没有耐心等下去！哎，只要杰基尔同意，我就要挽狂澜于既倒！”他想道，“只要杰基尔同意就行。”好像幻灯放出的影像一样，他在脑海中再次看到遗嘱中那奇怪的条款……

1　一种玩具。一打开匣盖，里面就弹出一个玩偶鬼脸。

第三章

杰基尔博士稳坐钓鱼台

真是好运气，两周后，博士又请客了，请的是五六个最老的挚友，都是聪明有为、声名卓著的人物，也都是品评好酒的行家。厄塔森故意在别人告辞之后再留坐一会儿。这么做并不是第一遭，至少已有几十次——只要是厄塔森受欢迎的地方，这欢迎总是热烈的。当那些快嘴的客人脚已踏上门槛，主人们都喜欢留下这个枯燥无味的律师，他们喜欢跟他坐一会儿，不受打扰，默然相对。在那欢乐热烈的气氛过后，此人深深的沉默反倒能使他们的脑子清醒清醒。这个规律对于杰基尔博士也不例外。此刻杰基尔博士正坐在炉火对面——他是个身材高大、体格健壮、容光焕发的人，约莫五十岁，神态似乎有点狡黠，但处处显露出能力非凡，而且心地善良——你可以从他脸色上看出他对厄塔森抱有一种诚挚而热烈的感情。

“我早就想跟你谈谈，杰基尔，”律师开始说，“你知道，你那个遗嘱？”

一个仔细的观察者或许能看出，对这一话题博士感到讨厌，他想用几句快活的话应付过去。“我可怜的厄塔森，”他说，“你有我这样一个委托人可真太不幸了！我从来没有看到一个人像你这样为我的遗嘱愁眉苦脸，除了那个一板一眼的老学究拉尼翁，每次谈到科学上的异端邪说时他也是这样一副苦脸。哦，我知道他是个好人——你不用皱眉——他是个呱呱叫的好人，我总希望能多和他见面，但尽管如此，他还是个迂腐透顶的老学究，无知无识而又喜欢大吵大闹的老学究。我从来没对谁像对拉尼翁那样失望。”

“你明白我可从来没赞同过这个遗嘱！”厄塔森紧追不舍，毫不留情地推开杰基尔的新话题。

“我的遗嘱？是嘛，当然咯，我知道，”博士说，口气有点刺耳了，“你早告诉过我好多次了。”

“好吧，我再告诉你一次，”律师继续说，“我最近听到了一些关于这个年轻的海德的事情。”

杰基尔博士那张面目端正的大脸突然发白，连嘴唇也白了，眼光顿时暗淡下来。“我不想再听，”他说，“我们说好不再谈这事的。”

“我听到的情况相当不妙！”厄塔森说。

“这无关大局。你不明白我的处境，”博士说，他有点举止失措了，“我的处境很痛苦，厄塔森。我的处境十分奇特——非常非常奇特，对于这种局面，空谈无补于事。”

“杰基尔，”厄塔森说，“你了解我，我是可信赖的人，你可以向我说知心话，告诉我所有的情况，毫无疑问我能帮你摆脱困境。”

“我的好厄塔森，”博士说，“你待我真好，你对我真是好到极点了。我不知道该如何谢你。我完全信赖你，要是让我选择的话，我对你的信任超过世上任何人。哎，还超过对我自己的信任。但是，真的，情况不是你想象的那么回事，并没有糟到那种程度。还是让你的同情心安静下来吧。我可以告诉你一件事：任何时刻，只要我愿意，我就能永远摆脱这个海德先生，这点我可以向你保证。不过我对你真是感激不尽，我还要加一句话，我相信你不会见怪的：这是桩我私人的事，我恳求你别再管它。”

厄塔森眼睛看着炉火，沉思了好一会儿。

“我不怀疑你是正确的。”他最后说，接着站了起来。

“好吧。你既然已经谈起这事，我最后再表示一点希望，”博士继续说，“有一点我希望你能理解，我对这个可怜的海德的确关切。我知道你曾经与他见过面，他也告诉我了。我怕他为人过于粗鲁，但我对这个年轻人的确有一种相当深的、非常深的关切。一旦我去世，厄塔森，我希望你答应我要容忍他，把他应得的东西都给他，我相信要是你知道一切情况，你肯定会这样做的。你答应我，就搬走了我心上的一块大石头。”

“我没法假装说我喜欢这个人！”律师说。

“我没有要你喜欢他，”杰基尔恳求说，他把手放到厄塔森臂上，“我只是要你公平地执行遗嘱，我求你当我去世时，看在我的面子上，帮助他。”

厄塔森忍不住长叹了一声，接着说道：“好吧，我答应你。”

第四章

卡鲁凶杀案

差不多过了一年，在一八 ×× 年十月十八日那天，一桩残暴得出奇的罪行震动了全伦敦。此案因被害者地位极高而更加轰动一时。案情细节不明，但披露的一些情况已足够让人胆战心惊。一个女仆，独自住在离河岸不远的一幢房子里，夜里近十一点时上楼去睡觉。虽然那天深夜浓雾笼罩着整个城市，上半夜天空却是澄净如洗。那女仆的房间俯临一个巷子，满月的清辉把外面照得通明透亮。她的性格似乎有点喜爱幻想，因为她在窗前的木箱上若有所思，似梦非梦地坐了好一会儿。她从来没有（每当讲起这段事，她总是泪流满面地说这句话）像那一刻那样感到与世上一切人、一切思想都如此和谐。正当她这么坐着，她看到有个满头白发、面容清癯的老绅士沿着小巷越走越近，而迎着他走的则是一个个儿很矮的人。她起初对这第二个人没加注意。当他们走到可以互相说话的距离（恰好在这女仆的眼前），老人颔首致意，并且彬彬有礼地上去和那人攀谈。看起来他问的话也并非十分要紧。他的手指指点点，似乎只是在问路而已。此时月光朗朗，照在他脸上，那姑娘挺感兴趣地看着，因为他脸上表现出一种天真的、纯朴的善良，同时又有一种仪态高贵的神情，好像他有充足的理由应该悠然自得。不久她眼光转到另一个人身上，她惊奇地发现那是一个名叫海德的人，此人有一次到她主人家拜访，当时她曾对这客人感到十分憎恶。此刻这人手中正拿着一根沉重的手杖，他玩着手杖，一个字也没回答，好像不怀好意地耐心听着。突然间，他勃然大怒，跺着脚，挥舞起手杖来，像个疯子一样（那女仆就是这样描述的）。老人往后一缩，神色十分惊诧，并且有点气愤。这时，海德已经无法按捺自己的性子，他不顾一切，挥起粗手杖把老人一棍打翻在地，接着他像个猿人一样，用脚接连朝倒在他脚下的老人狂暴地猛踩几下，拼命用手杖暴雨般地狠揍老人。那老人的身体被摔在路面上，连骨头折断的声音都听得见。这景象、这声音是如此恐怖，那女仆当即吓得晕倒在地。

等她苏醒过来，已是凌晨两点钟。她忙去报警，凶手早已逃之夭夭。但被害者还躺在巷子里，血肉模糊，惨不忍睹。那根杀人用的手杖虽然是稀有的质地坚硬的木料做的，在这场疯狂的暴行中也因用力过度而断成两截，一半滚落在附近的沟里，另一半肯定已被凶手携走。一个钱包和一只金表压在被害者身子下面，但没有名片或其他任何纸张，只有一封封好的信，大概是他带往邮局去寄的，信封上写着厄塔森先生的地址和姓名。

第二天一大早，律师还没起床，这封信就被送到他那儿。他看了这信，听人们介绍了情况，立即严肃地紧闭起嘴唇。“等我看到尸体再说吧，”他说，“这可能是件非常严重的事。劳驾略等片刻，让我穿上衣服。”他脸色阴沉地匆忙吃了早点，就坐马车赶到了警察局。尸体已经运到那里。他一看那小房间就点点头。

“不错，”他说，“我认识他。我很遗憾，这是丹佛斯·卡鲁爵士。”

“我的上帝！”警官惊叫起来，“先生，这可能吗？”但职业的雄心立即使他眼睛发亮了。“这可有一场好戏了！”他说，“你大概能帮我们找到这个人吧？”他简单地把那女仆看到的情况介绍了一下，把那半截手杖拿给律师看。

厄塔森听到海德的名字早就吓了一跳，当这段手杖放在他面前时，就毫无怀疑的余地了。虽然已经折断破裂，但他认出这是他多年前赠送给亨利·杰基尔的一根手杖。

“这个海德先生是个矮个儿？”他问。

“特别矮小，相貌相当凶恶，这是那女仆说的。”警官回答道。

厄塔森思考了一会儿，然后抬起头说：“如果你搭我的车跟我走，我想我能把你带到他家里去。”

此时已是上午九点钟，那天正遇上这季节的第一场雾。一种巧克力色的帷幕从天上挂下来。只是风不断地冲击着，正要驱开这城墙一般厚的雾气。因此，当马车从一条街爬向另一条街时，厄塔森看到昏暗晨光中的各种层次和各种色调。有的地方黑得就像深夜最暗的时候；有的地方却是色彩浓艳的红棕色，就像一场奇异的大火照亮了烟雾；有的地方雾气暂时被驱散，一抹憔悴的日光穿过旋转的雾圈落到地面。在这千变万化的光线下，苏活区那阴霾的房子，那泥泞的路面，那些衣衫褴褛的行人，那几乎从来没有熄过，也从来没有好好点亮以击退黑暗卷土重来的街灯，在律师的眼中，使得这地方看起来好像是一个梦魇中的城市。除此以外，在他自己的思想里也充满了最阴森的色调。当他的眼光落到与他同车的警官身上时，他也感到对法律和执法官员的一丝恐惧，因为，法律偶尔也可能打击到最诚实的人。

马车驶到预定地点时，迷雾已稍消散了一些，露出一条肮脏的街道，一家酒店，一个低档的法国饭馆，一家售卖一便士杂货、二便士凉拌菜的小店，一伙衣衫破烂的孩子拥挤在门口，各种民族的妇女们走进走出，钥匙提在手中，出来喝一杯晨酒。但一会儿雾又落了下来，像赭石一样的深褐色，把他跟那肮脏下贱的背景分隔开来。旁边就是亨利·杰基尔心爱的朋友的家，而这个人却是二十五万英镑资产的继承人！

一个面孔仿佛是象牙质的白发老妇开了门，她脸相凶恶，但因挂着虚伪的笑容而显得稍和气些。她的举止也还相当有礼。“是啊，”她说，“这就是海德先生的寓所，但是他不在家。他昨天夜里很晚才回来，不到一小时又走了。这没什么可奇怪的，他的生活毫无规律，经常不见人影。譬如说吧，昨晚之前，他已经两个月没回来过了。”

“很好，我们想看看他的房间。”律师说。但那女人声明这不可能。于是厄塔森说："我最好告诉你这个人是谁，这是苏格兰场[1]的纽科门警长。"

这女人的脸上马上出现一种狞恶的笑容："啊，他出事了！他干了什么？"

厄塔森和警长交换了一下眼色："这个人看来很不得人心。""那么，"警长说，"我的好太太，让我和这位先生去看一下吧。"

整座房子就住着这老太婆一个人，海德只用了其中两个房间。但那两个房间的陈设不仅富丽，而且趣味高雅。有一个柜子里放满了酒，盘子是银的，餐巾很素净，一幅名画挂在墙上，这必定是（厄塔森心里想）亨利·杰基尔送的礼物——杰基尔是个美术品鉴赏家。地毯相当厚，颜色很悦目。但这房间好像才被人匆忙搜寻过的样子：衣服扔在地上，口袋翻了出来；带锁的抽屉拉开着；炉架上有一堆灰，看来刚烧掉不少纸。从这灰烬中警官捡出一本绿色的没烧完的支票簿票根，在门背后找到了那手杖的另半截。警官看到他的推测得到了证实，兴高采烈。到银行去跑一圈，发现凶手有

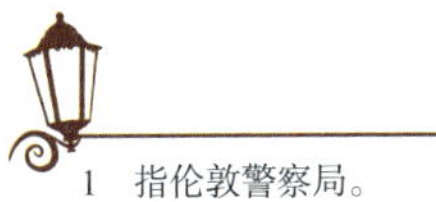

1　指伦敦警察局。

几千英镑的存款，更使他感到满意。

“你可以放心，先生，”他对厄塔森说，“他已经在我手心里了。他是昏了头，不然不至于把那半截手杖扔在家里，更不会烧掉那支票簿。本来嘛，钱就是命。我们只消在银行等他，同时发出通缉告示就行了。”

然而这后一个措施并不那么容易落实，因为海德先生只有寥寥可数的几个熟人，甚至那女仆也只见过他两次。他的家眷无踪可寻，他也从来没拍过照。而那几个能描述他相貌的人，说法又大相径庭。这也难怪，一般人观察别人都是如此。只有一点，他们的看法一致，那就是，这个在逃犯给所有的人印象最深之处就是一种畸形感，一种无法说清而又叫人始终难以忘怀的畸形感。

第五章

信件插曲

等到厄塔森能抽身上杰基尔博士家去时，已是下午很晚的时候了。他马上被普尔引进去，穿过厨房和院子，这院子原先是个花园。他们走进那幢既称作实验室，又称作解剖室的房子。博士是从一个有名的外科医生的继承人手中把这房子买下来的。他自己的兴趣主要在化学上，而不是解剖学，所以他把底层建筑改作别的用途。律师还是第一次走到他朋友寓所的这一部分。他挺好奇地看着那幽暗的不开窗的房子，环顾四周，他有一种奇异的感觉，很不是滋味。他穿过阶梯教室，那里原先渴望求知的学生人头簇拥，现在却静悄悄、阴森森的。桌上堆满化学仪器，地板上到处是箱篓，四处都扔着包瓶子的麦秸。暗淡的光线穿过已不太透明的圆顶。在教室的一头有楼梯通向一扇门，穿过门，厄塔森最后被引进博士的工作室。那是个大房间，周围都是玻璃罩面的橱柜。除了其他陈设外，还有一面落地大镜子和一张办公桌。一个蒙满灰尘的带铁栏的窗子向着房子之间的空地开着。炉膛里生着火，炉台上点着一盏灯，因为甚至在房子里面都落下了厚沉沉的雾。在那里，紧靠着火边，坐着病容惨戚的杰基尔博士。他没站起来迎接客人，只伸出一只冰凉的手，口中表示欢迎，但嗓音却变了。

等普尔一走出房门，厄塔森就说："你听说这事了？"

博士浑身一颤："他们在广场上大叫大嚷呢！我在餐厅里听到了。"

"一句话，"律师说，"卡鲁爵士是我的委托人，你也是。我要知道我应该如何行事。你不会疯狂到把这家伙藏起来吧？"

"厄塔森，对着上帝起誓，"博士嚷道，"我对着上帝起誓，我再也不想见他，我以我的名誉向你保证，我在这世界上已跟他一刀两断。一切全结束了。实际上他也不需要我帮助。我了解他，你不了解。他现在很安全，非常安全，你留心听我的话：他永远不会再露面了。"

律师心情阴郁地听着他说，他不喜欢博士那发热病似的神态。“看起来你对他倒是挺放心，”他说，“为了你，我希望情况的确如此，要是弄到法院去，你的名字会被提出来。”

“我对他的确放心，”杰基尔说，“我有理由放心，这一点别人没法理解。但有一件事我要请你指教，我——我收到一封信，我不明白是否应当交给警方，我把它给你，厄塔森，我肯定你能做出最好的判断。我最信任的人就是你。”

“我想你是怕这信会使人追踪到他，对吗？”律师问。

“不，”博士说，“我对这个海德结局如何不再关心，我已跟他从此断绝来往。我只是在考虑这桩糟糕的事情可能会败坏我的名声。”

厄塔森缄默良久。他对朋友的自私感到吃惊，但同时又感到松了一口气。“好吧，”他最后说，“让我看看这信吧。”

这封信笔迹奇特，线条陡直，签名是爱德华·海德，内容很简短，说是写信人的恩人杰基尔博士，使他很久以来深蒙恩眷，沾沐厚泽，他无以为报，深以为憾。现在，可以不必为他的安全担心，他已决定逃亡，逃到一个他认为极安全的地方。律师见这信当然十分欢喜，这封信说明这两人并不是他想的那种恶劣关系。他责怪自己以前的某些猜测太过分了。

“信封呢？”他问。

“我烧了，”杰基尔说，“我还没意识到自己在做什么就把它扔到火里去了。但那上面没有邮戳，信是他打发人直接送来的。”

“要我把信带走，明天给你答复吗？”厄塔森问。

“我希望你代我做全盘考虑，”博士回答，“我已失去自信。”

“好吧，我来考虑一下。”律师说，“我还有一句话：是海德要你在遗嘱里写了那一段关于失踪的条款吗？”

博士显得好像一阵眩晕突然发作，他两眼紧闭，点了点头。

“我早就明白，”厄塔森说，“他想杀害你，你算是死里逃生了。”

“我得到的东西比生命重要，”博士庄重地说，“我得到一个教训——哦，上帝，厄塔森，我得到了多大一个教训！”有好一阵，他用手捂着脸。

律师走出来后，停下来跟普尔说了几句话。“顺便问你一件事，”他说，“今天有人送来一封信，那送信的人是什么模样？”可是普尔肯定地说今天除了邮差没人送过信来。“而且邮差送来的也只是广告、通知类的传单。”他补充说道。

律师带着这个消息走了，恐惧又重新回到心头。很明显，信是从后门递进来的，很可能就是在博士房间里写的，要真是那样的话，此信就得仔细查看，慎重处理。他一路上听到报童在人行道上喉咙都嚷哑了。“号外！惊人消息！议员被杀！”——这就是他的一个朋友，一个委托人的葬礼演说。他止不住一阵恐惧，怕的是另一个朋友的好名声也会被这件丑闻的旋涡给吸进去。至少，这是一个棘手的问题，他一向独自做出判断，此时却盼望能有人指点。当然，不便直接询问，但是他想可以旁敲侧击地听点意见。

不久，他就在自己的火炉旁，与他的事务所主任格斯特先生面对面坐着。两人中间，离炉火不近不远的地方放着一瓶储藏在地窖里多年的佳酿。浓雾枕在自己的翅膀上，躺在这个被淹没的城市上空。灯光闪烁，就像红宝石的光芒。虽然这些厚积在地面的云压住了声音，这城市日常生活的进程仍在穿过那些大动脉滚动，有如吼叫的风声。而在这火光融融的房间里，气氛却是愉快的。在酒瓶中，酸味早就化为醇香，浓艳的色彩随着时间变得柔和，而在雾水滴滴的窗子里，天色已越来越浓。在丘坡上的葡萄园里，秋日下午炎热的阳

SPECIAL
EDITION!
SHOCKING
MURDER
OF AN M.P.

光已经准备好冲下来，驱散伦敦的雾气。不知不觉，律师全身舒畅起来。他对任何人都没有像对格斯特先生那样透露过那么多的秘密，有时连他自己也不清楚是否已在此人面前讲了他本不愿讲的事。格斯特经常处理与博士有关的业务，常到杰基尔家去，并且也认识普尔，他不太可能没听说过海德先生，他可能也明白此中情况。是不是索性也让他见见这封把秘密捅穿的信？尤其是因为格斯特专门研究过书法，是个鉴定笔迹的行家。因此，是否可以认为走这一步不会有害处，甚至很有必要？况且这个职员是个很有见地的人，他不会读了这么一份奇怪的信件而不提半点意见的。而他的意见可以帮助厄塔森安排他可以采取的部署。

“丹佛斯爵士的事真叫人难过！”他说。

“不错，先生，真的，现在是舆论鼎沸，”格斯特说，“这个家伙当然是发疯了。”

“我倒想听听你的看法，”厄塔森说，“我这里有一份他亲笔写的东西。此事只有你我知晓，不宜与外人道，因为我还不知道该如何处理。说得再好听些也是件丑事。你来看，这就是一个杀人凶手的亲笔信。”

格斯特眼睛发亮了。他立即坐下，认真地研究起来，

“不，先生，”他说，“毫无疯狂的迹象，只是笔法奇异。”

“据大家说的情况看来，写这信的人确实是个怪人。”

正在这时，仆人走进来，送上一张便条。

“这是杰基尔博士写来的条子吗？”那职员问，“我想我认识这笔迹。有什么不便让人知道的事吗，厄塔森先生？”

“只是请我去吃饭罢了。怎么啦？你想看看？”

“就看一眼。谢谢你，先生。”那职员把两张纸并排放在前面，仔细比较。“谢谢你，先生。”他最后说，把两张纸都还给厄塔森，“的确是一封非常有趣的亲笔信。”

有一阵子两人都没说话，因为厄塔森内心在激烈斗争。“你为什么要把两封信这么比较，格斯特？”他突然问。

“呃，先生，”那职员回答说，“这两者之间有一种古怪的相似之处，这两种书法在许多特点上是相同的，只不过倾斜方向不同罢了。”

“太离奇了！”

“不错，正如你说的，太离奇了。”格斯特回答道。

“我不会跟别人讲这件事，你明白。”

“是的，先生，我能理解。”

但当只剩下厄塔森一个人在房间里时，他立即打开保险箱，把那封信锁在里面，让它从此永远留在那里了。“这还了得！”他想道，“亨利·杰基尔为杀人凶手伪造信件！”想到这里，他不由得浑身冰凉。

第六章

拉尼翁医生的怪事

时间一天天过去，赏格出到了几千英镑，因为丹佛斯的死被舆论认为是对社会的威胁。但是海德先生从警方的视野中永远消失了，似乎此人从来没有存在过。这人过去的历史已被翻出不少，都是些声名狼藉的听闻：不少事讲到此人凶恶、残暴到毫无人性的地步；与之打交道的都是一些怪人；还讲到此人自始至终到处引起别人憎恨。但这个凶手目前的行踪则杳无音讯。自从那天早晨他离开苏活区的房子起，这个人似乎被墨水涂掉了。光阴荏苒，厄塔森开始从惊恐之中恢复过来，感到比较安心了。对他来说，海德先生的消失足以抵偿丹佛斯爵士之死而且有余。对杰基尔博士来说，既然罪恶的影响已经消失，他就可以开始新的生活了。他从他那蛰居之处走出来，与朋友们重新交往。他从前以支持慈善事业而声誉卓著，现在则因对宗教的虔诚而名噪一时。他很忙，越来越多地参与公共事务，干得不错。他容光焕发，好像意识到自己做的好事可以消除内疚。有两个月之久，博士生活得很安宁。

一月八日，厄塔森在博士家小宴。只有几位挚友同桌，包括拉尼翁医生。主人瞅瞅厄塔森，又瞅瞅拉尼翁，一如那美好的昔日，这三人还是不可分离的朋友时的样子。十二日，接着十四日，律师却被挡驾了。“博士没法走出房间，”普尔说，“他没法见客。”十五日他又试了一次，仍被拒见。近两个月他已习惯了几乎天天见到他的这位朋友，现在重新回到孤独之中，他心情沉重。第五夜他留格斯特吃晚饭，第六夜他去见拉尼翁。

至少在这里他不会吃闭门羹，但他一进门，看到医生外貌变化得那么厉害，他大吃一惊。从医生脸上可以明显看出他已时日无多。以前红润的面孔，现在已变成死白，肉全掉了，头发明显地秃了不少，人已苍老了许多。不仅是这些肉体上的迅速朽败征象，就连他的眼神，他的举止仪态，都令人觉得他有一种深入骨髓的恐怖。作为一个医生，他不应当怕死，但是厄塔森不得不如此怀疑。“是的，”他想，“他是个医生，他知道自己的状况，他离死不远了。知道这情况使他无法自持。”奇怪的是，当厄塔森说出他脸色不太好时，医生竟语气肯定地宣称自己已是必死无疑。

“我最近受了一次惊吓，”他说，“我再也不会复原，生命也只有几个星期了。生命是可贵的，我热爱它。是啊，先生，我以前一直热爱生活。有时我想，如果我们无所不知，我们就会更从容地离开人间。”

“杰基尔也病了，”厄塔森说，“你见过他吗？”

拉尼翁立即脸色大变，他举起颤颤巍巍的手。“我不想见到这个杰基尔博士，也不想听人说起他！”他嗓门很高，但声音发抖，“我与这个人已经一刀两断。我希望你行行好，别再提这个我已当作死人的人。”

“啧——啧。”厄塔森说。然后，经过了好长一段时间的沉默，他终于问道：“我能做点什么呢？我们三人是好朋友，拉尼翁，我们的余年也不会再有这么好的朋友了。”

“毫无办法。”拉尼翁说，“你去问他自己吧。”

“他不愿见我！”

“我也料想如此。”医生说，“总有一天，厄塔森，等我死了，你可能会知道这里面的是非曲直。但现在我无可奉告。

你如果能坐下来跟我谈谈别的事，看在上帝的面上，就坐下来谈谈。要是你非谈这该死的题目不可，我以上帝的名义请你还是走吧，我受不了。”

厄塔森一回到家，就坐下来写信给杰基尔，指责他为什么又离群索居，问他与拉尼翁断交的原因。第二天他收到一封很长的回信，措辞感伤，有的地方语意十分神秘。他和拉尼翁的破裂已无可挽回。“我不责怪我们的老友，”杰基尔写道，“但是我同意他的看法，我们不能再见面。我决定从今天起过一种完全与世隔绝的生活。虽然我的门将永远关着，哪怕对你也不例外，但请你不必惊讶，不要怀疑我们的友谊。你必须放手让我走自己的黑路。我已经给自己带来我无以名状的一种惩罚，一种危局。如果我是罪魁祸首，我也是受害最多的人。我无法想象这个地球上还有另一处会有我现在所受的这种非人的痛苦和恐怖。但你厄塔森也是爱莫能助，你只能做一件事来减轻我命定的痛苦，那就是尊重我的沉默。”厄塔森怔住了。本来，那魔王的影响已经消除，博士已经回到他旧日的工作中，回到他的朋友圈子里。仅仅一星期前，前景还似乎光明灿烂，博士的余年看来还能安享富贵寿延，但曾几何时，友谊、心灵的安谧，甚至全部生活都被击得粉碎。如此巨大的不期而至的变化只能说明疯狂，但是拉尼翁的神情和言谈，透露着其中似有更深的原因。

一星期后，拉尼翁医生已卧床不起，又过了不到半个月他就去世了。参加葬礼那天，厄塔森悲痛欲绝。回来后，他把事务所大门落上锁，在惨淡的烛光下抽出一个信封放在面前，这信是他死去的朋友用自己的印章封的口。信封上手书着一行字："私人密件，由 G. J. 厄塔森单独一人时亲启；万一他去世，必须不经启阅直接销毁。""必须不经启阅直接销毁"这行字下面画着着重号。律师心情惶惑地看着这行字。"今天我已经埋葬了一个朋友，"他想，"要是这信再送了另一个朋友的命怎么办？"但他立即谴责自己的胆怯和对友谊的不忠。他打开封印，可是里面还有一层包封，同样密封着，上面写着："到亨利·杰基尔博士死亡或失踪后方可启阅。"厄塔森简直不相信自己的眼睛。是的，失踪，又是这两个字，跟他早已还给杰基尔本人的那份疯狂的遗嘱一样，又把失踪这概念和亨利·杰基尔的名字放在一起。但在那份遗嘱里，这个写法来自海德那个家伙恶毒的建议，显然居心不善，用意非常清楚。不过拉尼翁亲手书上这几个字又做何解释呢？这位受托律师的心里产生了强烈的好奇心。他想不顾那禁令，直接揭开这些神秘事件的底细。但职业上的自尊、对死去朋友的忠诚使他养成了一种严格的责任感，因此这封信又被放入他私人保险箱最深的角落里。

但是，抑制好奇心是一回事，战胜它又是另一回事。很值得怀疑，从那天起厄塔森希望见到他那还活着的朋友的心情是否还那么迫切。他想念杰基尔，但他的想法时常使他心烦意乱，甚至不寒而栗。他去看博士，但仍被拒绝，这倒反而使他轻松一些。可能他心中还是情愿，在露天，在城市的喧嚷中，跟普尔在门口说上几句，而不太愿意被引入那自愿幽闭者的屋子，坐下来与那不可思议的隐士谈话。普尔实际上没有什么好消息可奉告。博士显然把自己关得比以往更紧闭，整日躲在实验室楼上的工作室里，甚至夜里也睡在那儿。他精神委顿，沉默寡言，看来心事重重。厄塔森每次听到的消息如此雷同，耳朵都听出茧子了，以至他的来访也渐渐稀疏了。

第七章

窗口发生的事

这事发生在一个星期天。厄塔森又和恩菲尔德一起进行他们惯常的散步，他们又一次走过那条小街，又一次走到那扇门跟前。两个人都停住了，眼睛望着那扇门。

“嗯，”恩菲尔德说，“那个故事终于结束了。我们再也见不到海德先生了。”

“我希望别再见到他，”厄塔森说，“我有没有告诉过你我曾见到这人一次，而且也跟你一样产生一种反感？”

“是啊，这两件事必然会联系在一起。”恩菲尔德说，“顺便说一句：你一定认为我是个大蠢驴，当时竟然不知道杰基尔博士家的后门！虽然这是我自己后来发现的，但我终究弄清了这个问题，我看这件事你也要负一部分责任。”

“那么你也明白了，是吗？”厄塔森说，“既然如此，我们不妨走进那块小空地，看看上面那三樘窗子。告诉你实话，我对可怜的杰基尔很不放心，哪怕咱们是在外面，能看到朋友一面，对他总是好事吧。”

空地里凉飕飕的，有点潮湿，虽然头顶上高高的天空仍照耀落日的光芒，但黄昏似已过早来临。三樘窗扇中间的一个半开着，厄塔森看到杰基尔博士紧靠窗坐着，在呼吸新鲜空气。他形容枯槁，像个苦不堪言的囚徒。

“是你，杰基尔！”他叫起来，“我相信你近来身体好些了。”

“我情况很糟，厄塔森，”博士疲倦地回答，“非常不好，我的日子不会长了，感谢上帝。”

“你待在屋子里的时间太多了，”律师说，“你应当出来，活动活动，就像恩菲尔德先生和我一样——杰基尔博士，这是我的表弟恩菲尔德先生——出来吧，戴上帽子，稍微溜达一会儿。”

“你真好。”博士叹了口气，“我很想出来，但是不行，不行，这是不可能的，我不敢。可是真的，厄塔森，见到你我很高兴，这确实是一件非常愉快的事。我很想请你和恩菲尔德先生上来，但这地方不太合适。”

“没什么，”律师和蔼地说，“我们就待在下面跟你谈一会儿，这就挺好。”

“这也就是我想冒昧提议的。”博士脸上露出微笑回答说，但这句话还没说完，他脸上的微笑就一下子不见了，而突然冒出一种恐怖和失望至极的神情，使下面的两个人毛骨悚然。他们只瞥到一眼，因为窗子马上啪的一声关上了。但这一眼也就够了。他们转过身，离开那地方，一言不发。他们穿过马路，仍是沉默着，直到来到一条邻近的大街，那里即使在星期天也是生机盎然，熙熙攘攘。这时，厄塔森先生才转过身来看着他的伙伴。他们两人都吓得面无人色，眼睛里充满恐惧。

“上帝饶恕我们，上帝饶恕我们！”厄塔森说。

但是恩菲尔德只是严肃地点了点头，继续走路，再次陷入沉默。

第八章

最后一夜

一天晚饭后，厄塔森正坐在炉火边，很惊奇地看到普尔来访。

“老天爷，普尔，什么事把你使来了？”他嚷嚷起来，仔细看了看普尔，“你生病了吗？还是博士生病了？”

“厄塔森先生，出事了。”来人说。

“坐下来，喝了这杯酒。”律师说，“来来，别慌，一五一十地跟我说。”

“您知道博士的生活习惯，先生，”普尔回答说，“您也知道他是怎样把自己关起来的。嗯，他最近又把自己关在工作室里，我可不喜欢——死也不会喜欢，厄塔森先生，我害怕。”

“来来，我的好伙计，”律师说，“说清楚点，你怕什么？”

“有一个星期了，我心里一直害怕，”普尔说，闭口不答律师的问题，“我再也受不了啦。”

这个人的表情给他的话做了充分的证明，他的动作变得很笨拙。除了第一次说他害怕，他一直没再朝律师看过一眼。甚至现在他坐在那儿，酒杯捧在膝上，滴酒未尝，眼睛只盯住墙角。“我再也受不了啦！”他说。

“来吧，”律师说，“我看你是有话要说，普尔，我看是出了什么严重的事，告诉我，是怎么一回事？”

“我想这里面有谋杀……”普尔嗓子沙哑地说。

“谋杀！”律师大吃一惊，叫了起来，接着又有点恼怒，“什么谋杀！你这是在说什么呀？”

“我不敢说，先生，”管家回答，“您能跟我一起去亲眼瞧瞧吗？”

厄塔森的回答是立即站起来，戴上帽子，穿上大衣。他惊奇地发现当他做这些事的时候，管家脸上显得宽心多了。他也惊奇地发现管家一口未沾就把酒杯放下跟着他走了。

这是一个典型的狂风呼啸、寒气袭人的三月之夜。一钩惨淡的弯月朝后躺着，好像被风吹倒了，又酷似一条轻纱或细麻布的碎片在空中飘荡。风很紧，谈话很困难，而且使人血液一阵阵地涌到脸上。风好像已把街上行人一扫而空，厄塔森从没见过伦敦这个地区如此荒凉。他但愿行人多几个，他一生从来没像现在这样盼望能多看到几个人、多接触几个人过。他努力克制自己的情绪，可是心中却涌起一种大难临头的沉重感。他们走到广场，那里风沙满天，花园里黄叶稀疏的树枝在抽打着篱笆。普尔一路上总是走前一步，这时却停在人行道中间，尽管寒气砭人肌骨，他还是脱下帽子，用一块红手帕擦脑门子。他一路走得很急，但他擦的却不是赶路出的汗，而是一种使人窒息的痛苦引出的汗。他脸色苍白，说话时嗓音沙哑，而且语不成句。

“先生，”他说，“我们到了，上帝保佑别出什么事。”

“但愿如此，普尔。”律师回答。

仆人小心翼翼地敲门，有人从里面解开链子，一个声音问道：“是普尔吗？”

“不错，是我，”普尔说，“开门吧。”

他们走进大厅，大厅中间生着旺火，整个厅堂被照得通明。所有的仆人，男的、女的，全都围在火炉边上，好像一群羊似的挤在一起。看到厄塔森，那女仆歇斯底里地抽泣起来，而厨子则大声喊：“上帝保佑，厄塔森先生来了！”他奔

HENRY
JEKYLL
M.D.

上来，好像要拥抱厄塔森。

“怎么？怎么？你们都待在这儿？”律师不高兴地说，“不正常啊，不太好吧，你们的主人会不高兴的吧。”

“他们都害怕。”普尔说。

一阵静默，没人声辩，只有那个女仆的哭声越来越响。

“别号了！”普尔朝她嚷嚷，语气如此凶狠，说明他自己的神经已经紧张至极。实际上当那姑娘突然放开嗓门大哭起来时，大家都惊跳起来，朝里面门看，好像担心什么可怕的事会发生。“喂，”管家对那小厨工说，“给我拿一支蜡烛来，我们马上来把这桩事弄个清楚。”然后，他请求厄塔森先生跟着他走进后花园。

“先生，来，”他说，“请您尽可能步子放轻些。我让您听听，但您自己别被他听见。我先说清楚，先生，如果他真叫您进去，您可千万别进去！”

这个叮嘱使厄塔森神经突然一紧，他差点慌了神。但他马上鼓起勇气，跟着管家走进实验室，穿过那个堆满篓子瓶子的阶梯教室，走到楼梯跟前，普尔就在这儿打手势叫他站在门边仔细听，而普尔自己则把蜡烛放下，壮起胆喊了一声，走上台阶，有点犹豫地敲敲镶铺着厚呢的房间门。

“先生，厄塔森先生想见您。”他叫道。他一边叫，一边剧烈地做手势，叫厄塔森注意倾听。

里面有个声音回答：“告诉他，我不能见任何人。”那声音充满怒气。

“谢谢您，先生。”普尔说，话音里颇有点得意扬扬的味道。他拿起蜡烛，领着厄塔森穿过院子走回大厨房。那里炉火早熄了，虫子在地板上乱跳。

“先生，”他说，他看着厄塔森的眼睛，“这是我主人的声音吗？”

“好像有点变了……”律师说，他脸色苍白，也瞪眼瞧着对方。

“变了？不错，我想是这么回事。”管家说，“我在这个人家里干了二十年，会辨不出这个声音？不，主人已经被谋害了，八天前就被人干掉了。那天我们听见他呼天抢地地哭。可是里面不是主人又是谁呢？为什么要待在里面老是喊上天救助呢，厄塔森先生？”

“这可真是件怪事，普尔，不如说这是个疯狂的故事，我的伙计！”厄塔森先生咬着自己的手指说，“但是，假如情形正如你设想的，假定杰基尔博士已经被——嗯——被杀害了，又是什么原因使凶手留在那里呢？这推论不成立，无法自圆其说。”

“好吧，厄塔森先生，您是个不轻易相信别人话的人。我再告诉您一点情况：最近一星期来——您应当知道——这个人，或者这个家伙，或者随便您怎么称呼房间里住着的这个东西，白天黑夜都在哭，要一种什么药品，但老是想不起来。他把他的命令写在一张纸上扔在楼梯上——这倒是我主人原先的作风，是他的做法。最近一个星期我们没有得到别的东西，只有命令，和关紧的门。饭留在楼梯口，等没人的时候被偷偷拿进去。先生，每天——哎，有时一天两次，三次——扔出命令，有时扔出的是怒气冲冲的话。我被使唤得满城飞，去找每一家化学药品批发店，每次我拿回那些玩意儿，总会再接到命令，要我退回那家店去，说那东西不纯，要我上别的店。先生，这种药他要得那么急，无论出什么价钱。”

“你有他写的这种纸条吗？”厄塔森问。

普尔在口袋里掏摸，拿出一张皱巴巴的纸，律师靠着烛光仔细看，上面的文字是这样的：

“杰基尔博士向毛乌店号诸位致意。他肯定刚购的那批货质地不纯，不合他目前的用途。在一八××那一年，杰基尔博士曾向贵号购得数量相当大的一批货，他现在恭请贵号竭尽全力仔细搜寻，若有任何数量的存留，请立即给他送来，价格不予考虑，因此物对杰基尔博士来说，重要性无法估量。”至此为止，这封信还是写得够平静的，但在这儿，墨水一溅，写信的人情绪控制不住了，“看在上帝的面上，”他又写了一句，“给我找点那批老货色来吧！”

“真是个奇怪的条子！”厄塔森说着转向普尔责问道，“你怎么打开信的？”

“毛乌店号的人发了火，先生，把这信像废纸一样扔还给我。”普尔慌忙解释。

“你难道看不出这毫无疑问是博士的笔迹吗？”律师又问。

“我看像。”仆人愁眉苦脸地说，但他立即又换了一种口气，“笔迹算得了什么！我见到过这个人！”

“见到过这个人？”厄塔森心不由己地重复他的话，“怎么回事？”

“就是见到过嘛！”普尔说，“是这么回事：我从花园里突然走进阶梯教室，他看来是从工作室里出来找药品，或是找其他东西的，因为房门开着。他在教室那一头的篓子里翻寻，我走进去时他抬头朝我看了一眼，大叫一声，转眼就奔进工作室里去了。我只看到他一眼，但当即我的头发一根根地竖起来，就像猪鬃一样！先生，如果他是我的主人，为什么脸上有个假面具？如果他是我的主人，为什么要像老鼠一样叫起来，从我跟前逃走？我给他干事的时间够长的，因此——”他停住没说下去，用手抹了一下脸。

“这可真是桩怪事。”厄塔森先生说，“经你这么一说，我想我有点明白个中底细了。普尔，你的主人看来是得了一种使人很痛苦甚至能变形的怪病，很有可能这就造成了他的嗓音改变，造成了所谓的假面具，使得他不愿见朋友，使得他拼命想找到那种药。这个可怜的人还保留一线希望，希望可以靠这种药复原——上帝保佑他不至失望。这就是我的解释。普尔，哎，想起来怪怕人的，但事情很清楚，很自然，互相符合，互相印证，可以让我们摆脱不必要的惊慌。”

“先生，”管家说，脸上红一块白一块，“但这个人不是我的主人，我说的是真话。我的主人——”说到这儿他朝四周看了看，开始耳语，“是个大高个儿，而这人是矮个子。”厄塔森想反驳，但普尔嚷了起来：“哦，先生，您以为我干了二十年还不认识自己的主人？您以为我不知道在房门口时他的头同哪个位置平齐？我会不知道我这一生每天早晨能在哪儿看到他吗？不，先生，那个戴假面具的人绝对不可能是杰基尔博士——上帝才知道那是个什么东西。但反正不是杰基尔博士，我从心底里相信发生了谋杀案。”

“普尔，”律师回答说，“如果这么说，我就有责任把事情查个水落石出。我非常愿意体谅你对主人的感情，可是这张条子让我糊涂了，根据这条子判断，你主人还活着。但我还是认为我有责任把门撞开。”

“啊，厄塔森先生，这才是您说的话！”管家大声说道。

“现在还有第二个问题，”厄塔森继续说，“谁来干这事？”

“怎么？我和您！”普尔毫无惧色地回答。

“说得好！”律师回答，“无论出现什么情况，我都会承担责任，不会让你吃苦。”

“阶梯教室里有一把斧子，”普尔说，“您可以拿那根拨火棍武装自己。”

律师把那根粗重的工具提在手中，掂量了一下：“你知道，普尔，你我正面临把自己置身于一个有点危险的境地。”

“是这么回事，先生，不错。”

“好吧，那么我们应当有话直说。”律师说，“我们俩心里的话其实都没有全部说出来，让我们说清楚，你见到的那个戴假面具的家伙，你能认出他是什么人吗？”

“嗯，先生，他跑得那么快，弓着身子，我很难说我是不是看清楚了。”管家回答说，“但是，如果您的意思是说这个人是不是海德先生——是啊，我想他就是！您看，身材很像，动作同样轻巧！除他外还有谁能从实验室那里进来呢？大概您没忘记吧，先生？那桩谋杀案发生时钥匙还在他手里呢！还有，我不知道您是否见过这个海德先生？”

“见过，”律师说，“我跟他说过一次话。”

“那么您一定和我们一样知道这位绅士身上有点奇怪的东西——一种叫人毛骨悚然的东西——我不知道该怎么说才好，先生，比这还严重，您简直会觉得您的骨髓都在发凉，发毛。”

“我承认我也有点你描述的那种感觉。”厄塔森先生说。

“就是这么回事！”普尔回答，“瞧，看到那个戴假面具的家伙，像猴子一样从药品堆里跳出来，逃进房间里，我就感到像冰水从我背上一直浇下去似的。哦，我知道这不能算证据，厄塔森先生，这点书本上的知识我还是有的，但一个人总有他的直觉，我敢对着《圣经》起誓，这个人就是海德先生。”

“哎，哎，”律师说，“我怕的也正是这个。罪孽一旦铸成，总会有恶报。哎，真的，我相信你，我相信可怜的哈里已经被杀害了，我也相信这凶手（只有上帝才知道是什么原因）还在他的被害者的房间里摸来摸去，让我们复仇吧。把布拉德肖叫来。”

那个男仆被唤来了，他脸色苍白，神情紧张。

“打起精神，布拉德肖！”律师说，“这桩情况不明白的事我知道，你们大家都挺不好受，但我们现在决心把它弄个水落石出。普尔在这里，还有我，我们俩闯进门里去。要是一切顺利，我的肩膀够宽的，可以承担一切责任。可是，为了防止出什么岔子，或者有什么坏蛋想从后门逃走，你和那个小伙子带两根大棍子绕到后面角落去，站到实验室后门口。现在给你们十分钟时间，赶快到那里去守住。”

布拉德肖走后，律师看了看他的表。“现在，普尔，让咱们动手干吧！”他说着，把拨火棍夹在腋下，走在前面，跨进院子。此时，飘飞的雾蒙住月亮，夜色幽暗。风吹到这井筒似的建筑群中间，断断续续，一阵松一阵紧。他们走上台阶时，蜡烛火焰被风吹得直摇晃，直到他们走进阶梯教室才避开了风。他们在那里坐下来，安静地等待着。在他们四周，伦敦城庄严地嗡嗡作响。但在他们近旁却只有那工作室里徘徊的脚步声打破了寂静。

“他就这么整日地走，先生，”普尔低声说，“哎，大半夜也都这么走来走去，只有当药剂店送来一个新样时，才停一会儿。哎，他心里有鬼，所以没法休息。哎，先生，这每一步都有血在滴啊！您再听，靠近些——尽量仔细地听，厄塔森先生，您说，这是博士的脚步声吗？”

这脚步声很轻，很古怪，好像有点摇摆，虽然步子走得很慢。这的确与博士沉重的、把地板都踩得吱吱嘎嘎响的脚步声不同。厄塔森叹了口气：“其他还有什么情况吗？”

普尔点点头。“有一次，”他说，“有一次我听见他在哭。”

“哭？怎么哭？”律师说，他突然感到一阵恐怖的战栗。

“哭得像个女人，或者像个无家可归的鬼魂。”管家说道，“我走开了，心里难受极了，好像自己也要哭了。”

这时十分钟时间到了。普尔从那一堆包瓶子的麦秸堆中拿出斧子，把蜡烛放在最近的一张桌子上，给他们照亮以便他们采取行动。他们屏息静气，走近在这宁静的夜里徘徊的脚步声无休无止的房间。

“杰基尔，”厄塔森大声喊起来，“我要求见你！”他停了一会儿，没听到回答。“这是为了你好！现在我给你一个警告，我们有大团的疑问，我必须见你，非见不可！”他又说，“不能好见，就歹见——你不答应，我们就来硬的！”

“厄塔森，”里面的声音说道，“看在上帝的面上，可怜可怜我吧！”

“啊——这不是杰基尔的声音——这是海德！”厄塔森叫起来，“普尔，砸门！”

普尔把斧子挥过肩膀，那一下猛击震动了整幢房子，蒙着红呢的门在门锁和铰链之间跳起来。一声凄厉的惨叫，好像一头恐怖万分的动物发出的声音，从房间里传出来。斧子又举起来，门板裂开了，门框弹跳着。斧子砍了四次，但这木材是如此坚硬，而且装配得那么考究，直到第五次锁才被打成碎片，破门板朝里翻倒在地毯上。

这两个进攻者被自己的粗暴举动和随之而来的寂静吓得呆住了。他们往后退了一步，朝里窥看。房间就在他们眼

前，在宁静的灯光中，生着一炉火，炉火里木柴噼噼啪啪地爆裂着，水壶正吟唱着轻盈的旋律。一两个空抽屉拉开着，办公桌上整齐地放着纸张。离火炉近一点的地方，放着茶具……你会说，这是一个最安静不过的房间，除了那些装满了化学药品的玻璃柜子外，这是夜伦敦处处可见的一个普通房间。

在房间正中躺着一个人，身子痛苦地蜷曲着，一直在抽搐。他们踮着脚走近他，把他的身体翻过来，他们看到了爱德华·海德的面孔！海德穿着比他个儿大得多的衣服，博士那么高大的身材的衣服。他脸上紧张的肌肉还像活人一样在抽动，但生命早已结束了。他手里捏着一个小瓶子，空气中有一股强烈的苦杏仁味[1]。厄塔森明白他们看到的是一个自我毁灭者的遗体。

“我们来得太晚了，”厄塔森板着面孔说，“无论是来救援，还是来惩罚凶手都太晚了。……海德得到了应得的报应。现在我们的任务就是找到你主人的尸体。”

这楼房的最主要部分就是那个阶梯教室，它占了几乎整

1 某些有机剧毒品有苦杏仁味。

个底层，光线从上面照过来，也从工作室照出来。工作室在二楼的一头，俯临着房外空地。有一条走廊把阶梯教室和小街连起来，而房间也有一条出门的楼梯通到街上。此外，还有几间漆黑的小房间，一个宽敞的地窖。所有这些地方他们都搜寻了。每个房间其实只要看一眼也就够了，因为全是空的，而且所有房间的门都开着。只有地窖里堆满了古怪的杂物，那都是这幢房子的前主人——那个外科医生留下的。他们一打开地窖门，就看出在这里搜寻毫无意义，因为门口多年来形成的厚厚的蜘蛛网简直像织了一张席子，把进口都封住了。而亨利·杰基尔，无论是死是活，都无处可寻。

普尔在走廊的石板地上跺脚，倾听那声音。“他肯定被埋在这下面。”他说。

“或者他早逃走了！”厄塔森说，转过身去检查通小街的门。在门口附近的石板上，他们找到了那把钥匙，已经长满了铁锈。

律师检查了一番说：“好像一直没用过。”

“没用过，”普尔说，“先生，您没看到吗？钥匙已经裂开了，好像有人用脚狠狠踩过。”

“是的，”厄塔森继续说，“而且裂口处也同样生锈了！”

这两个人诧异地相对而视。“普尔，这真叫我摸不着头脑了！”律师说，“让我们回到房间里看看。”

他们沉默地上了楼梯，身不由己地隔一会儿就恐惧地朝那尸体看上一眼。他们开始对整个房间做更彻底的搜查。在一张桌子上有做过化学实验的痕迹，各种数量的白色盐类放在玻璃碟子中，好像正准备进行一次实验，而这可怜的人没能进行下去……

“这就是我给他买的药剂。”普尔说。就在他说话的当儿，水壶呼啦一声喷溢出来，把他们吓了一跳。

这声音把他们引到火炉边。一张安乐椅很舒适地靠在边上，旁边搁着茶具，侧放在坐着的人手边，糖已经放在杯子里。一个架子上放着几本书，其中一本打开着放在茶具旁边。厄塔森惊奇地发现那是一本杰基尔几次极其尊崇地赞誉过的神学著作，而现在其书页上却涂满了出自他手迹的边批，都是些不堪入目的亵渎神明的词句。

接着，他们一边搜寻房间，一边走近了那面落地大镜子。他们心怀疑惧地朝里看，但镜子里什么也没有，只有天花板上那红玫瑰色的火光，炉火闪闪掩掩地在柜子玻璃门上反射出各种映象。还有他们自己胆战心惊的脸俯身看着自己。

“这面镜子肯定看到过许多奇事，先生。”普尔低声说。

“不会比它本身更奇吧！”律师也同样轻声地说。“为什么杰基尔……”——说到这个名字，他自己也吓了一跳，但马上就克服了自己的软弱——“杰基尔要这东西有什么用？”

“倒也是的！”普尔说。

接着他们转向办公桌，纸张整齐地堆放在桌上。最上面有一个信封，上面有博士的笔迹，写着厄塔森先生的名字。律师拆开信封，里面有好几件密封件落到地板上。第一份是遗嘱，写着与六个月前他交还给博士的那份相同的离奇条款：如果失踪，则作为馈赠文书。但律师几乎不敢相信自己的眼睛的是，原来写着爱德华·海德名字的地方，现在写着加布里埃尔·约翰·厄塔森的名字！他看看普尔，又重新看看文件，最后望望躺在地毯上的凶手。

“我头发晕了……”他说，“他一直在这儿，看到这份东西，他没有任何理由喜欢我，他看到自己的名字被人代替肯定要大怒，但他却没有毁了这份文件！”

厄塔森拿起第二份文件，还是博士手写的一个短柬，上面有日期。“哦，普尔！”律师说，“今天他还活着，他还在这里，这么短的时间内他不可能被干掉，他肯定还活着，他肯定逃跑了！可是，为什么要逃跑呢？又怎么个逃法呢？在这种情况下，我们怎能随随便便地说这是自杀？哦，我们必须谨慎，我预感到我们可能把你的主人拖进什么惨祸里去了！”

“您为什么不念下去，先生？”普尔问。

“我害怕，”律师肃然说道，“但愿我不是造成这局面的罪人。”他这么想着，拿起信来看，文字是这样写的：

我亲爱的厄塔森：

当这张纸落到你手中时，我肯定已经失踪了，究竟具体情况如何，我现在无法预见，但我本能的感觉，以及我目前无法描述的境遇，都告诉我结局是无可避免而且指日可待了。请你先去读拉尼翁曾经警告过我他将委托给你的那份材料。然后，如果你愿意多了解一些情况，请你再读我的自白书吧。

你的不幸的不配做你朋友的

亨利·杰基尔

“还有第三封？”厄塔森问。

“在这儿，先生。”普尔递给他一个盖了几处封印的沉甸甸的大纸包。

律师把它放在口袋里，说："我将绝口不提这份文件，如果你的主人逃跑了，或者死了，我们至少还能够挽救他的名誉。现在是十点钟，我得回去安静地读这些文件，半夜之前我一定赶回，那时我们再去报警。"

他们走出去，关上阶梯教室的门。厄塔森离开围在炉火边的仆人们，再次顶着狂风，艰难地走回他的事务所，去读那些理应使这秘密真相大白的文件。

第九章

拉尼翁医生的叙述

一月九日，也就是四天之前，晚班邮件送来时，我收到一封挂号信，信封上是我的同行和同学亨利·杰基尔的笔迹。我很惊奇，因为我们从无通信的习惯。我刚见过他，实际上前一天晚上我们才一同进过餐。我想象不出我们之间有什么话要郑重其事地用挂号信来传送，而信的内容使我更惊讶了。原文如下：

> 亲爱的拉尼翁，你是我最老的朋友之一，尽管我们在科学问题上有分歧，至少从我这方面说，从没有任何感情上的龃龉。绝不会有这样的日子。当你对我说“杰基尔，我的生命、我的名誉、我的理智，全都靠你了”的时候，我会不惜赴汤蹈火地帮助你。拉尼翁，现在我

的生命、我的名誉、我的理智，就全靠你的帮助了。如果你今夜失败，我也就完了。看了这段开场白，你可能会认为我要求你做什么不正当的事，你自己判断吧。

我希望你推迟你今夜的一切事务——哪怕今天要被召去给皇帝诊病。如果你自己的马车没空，你就搭一辆出租马车，带着这封信作为具体指示，直接驶往我家。我的管家普尔已接到我的命令，你会看到他已经请了一位锁匠在那里等你。然后你们把我的工作室门强行打开，但你必须一个人进去，打开左边的标有字母E的玻璃柜，如果柜子是锁着的，你就把锁砸开，把从上往下数第四个抽屉，或从底下往上数第三个抽屉（二者是一回事），连同里面的全部东西原封不动地抽出来。我现在心里极为担忧，我有一种毛骨悚然的恐惧，担心是否把抽屉位置说错了，但即使我说错了，你亦可凭抽屉内的物品知道我指的是哪个抽屉，里面应当有几种药粉、一个小瓶、几本簿子。我恳求你把这抽屉原样带回卡文迪许广场你的家中。

这是我冒昧请求你做的第一件事。第二件事是这样的：如果你收到这封信后，立即出发，那么半夜时分你就早已该回到家里了，但我给你时间上留点宽裕，不仅是害怕会出现无法预料的也无法预防的阻碍，而且还因为最好让你的仆人全上床一小时后再进行最后一部分工作。到午夜时分，我希望你一个人留在你的门诊室里，亲手开门放进一个人，他会用我的名义做自我介绍，你把已经从我的房间取来的抽屉交到他手中。至此你的任务已结束，你已经使我感恩戴德，永志不忘。五分钟之后，如果你一定要求得到对这一切的解释，你将会理解这一切安排都至关紧要。这一切看来虽然有点荒诞不经，但如果一环出错，你就得承担置我于死地或使我失去理智的罪名。

我对你充分信任，相信你不会对我的请求掉以轻心。但是一想到有这样一种可能性我的手就发抖，我的心跳都停止了。你可以设想此刻我正处境危急，愁心不已。我挣扎于痛苦之中，处境之危，超出你的任何想象。同时，我又明白，如果你毫不走样地按我所请求的去办理，我的惨境即会像一个已经说完的故事离我而去。你得帮助我！亲爱的拉尼翁，你得救救我！

你的朋友 H. J.

一八 ×× 年十二月十日

又及：我已经封上信，但又一个恐怖的念头使我顿时意夺神骇。可能邮差会出问题，可能此信明晨才能到你手中。在这种情况下，亲爱的拉尼翁，请你在明天白天最方便的时刻为我办这件事。同样到半夜里等我派遣的人来取货。但如果第二天夜里无人来，你将明白你现在读到的正是亨利·杰基尔一生写的最后几行字了。

读完这封信，我完全相信我的同行是神志不清了。但即使断定他已发疯，我还是有义务按他的吩咐办事。我越是不理解这一团乱麻，就越没有可能判断其重要性。但这请求措辞恳切，使我感到责任重大，不能轻易置之不理。因此我按其指示撇开工作，搭上一辆马车，直接驶到杰基尔家去。管家正在等我，他也是从晚班邮件中收到一封挂号信，得到相应的指示。他已经去请了一个锁匠和一个木匠，我们正说着话，这两个手艺人就到了。我们一起来到老丹芒医生的阶梯教室。从那里（正如你肯定十分了解的那样）进入杰基尔的工作室是最方便的。门相当结实，锁又是质量最好的。木匠赌咒说他的工作困难至极，如果非进去不可，必须搞坏很多地方才行；锁匠几乎已经表示毫无希望，幸亏这个锁匠手艺相当高明，两小时后门就打开了。标着字母 E 的柜子没有上锁，我拿出那个抽屉，把它用麦秸裹起来，用一张床单包好，带回了卡文迪许广场的家中。

在家里我开始检查其中的物件。药粉制备得挺精致，但不如店里药剂师做得出色，看来是单晶盐类。接着我注意到那小瓶子，里面有差不多半瓶血红的液体，气味十分刺鼻，我觉得里面含有磷和一种挥发性的醚类物质。至于其他成分我就无法猜测了。那本子是一个普通的笔记本，里面内容不多，只是一连串的日期，前后记了好多年，我注意到大约记到一年前，记载就突然结束了。某些日期上散见一些很短的批语，经常只有两个字："双倍"。这两个字在这几百条日期中出现过六次。在早期某一处有一条批语上加了几个惊叹号："彻底失败！！！"所有这些情况都勾起了我的好奇心，却没有告诉我任何明确的内容，只不过是一些药剂，一包盐类，一份一系列实验的记录，根本没有得出（正如杰基尔许多其他研究项目一样）任何实际的结果。我屋里的这些东西如何能影响我这位常有奇思异想的同事的名誉、神志和生命呢？要是他的使者能上我这儿来，为何又不能直接到他自己家里去呢？即使有什么不便之处，为什么这位先生又必须由我亲自秘密接待呢？我越思考越觉得我正在处理一桩脑疾病例。虽然我把仆人打发去睡觉了，我还是把一支旧左轮手枪上了实弹，必要时可以自卫一下。

伦敦上空十二点钟还没敲完，我就听到轻轻的叩门环声。我去开门，看到一个矮个儿的人，蜷着身子，靠在门廊的柱子上。

“是打杰基尔博士那儿来的吗？”我问。

他做了一个紧张的手势，表示“是的”，当我叫他进屋来，他没马上进来，而是先向后面黑暗的广场扫了一眼，不远的地方有个警察，正在那儿打着灯笼巡视。我观察到我的客人看到警察时吓了一跳，慌慌忙忙地进了门。

我承认，这些情景使我相当不快，当我跟着他走进灯光明亮的门诊室时，我的手一直搁在武器上。到屋里我才第一次有机会仔细看看这个人。我从来没见到过这个人，这是肯定无疑的：正如我说过的那样，他个儿矮小，此外，他脸上有一种十分丑恶的表情使我震惊。他体格很弱，但肌肉活动能力很强，而且——这是最后一点，也是相当重要的一点——我发现一靠近他，我就有一种主观上的紧张反应，有点像发烧刚开始寒战的症状，同时还有明显的脉搏变弱的现

象。当时我把它归因于我自己特异个性的一种个人的反感，只是不明白为什么症状那么严重。但后来我找出了缘由，相信其原因就深藏在人的本性之中。我的反应并不是由于仇恨，而是出于一种较为高尚的动机。

因此，这个人刚进门，就使我产生了一种我只能称之为可厌的好奇心。他穿的服装，要是在一个普通人身上，肯定会让人发笑。他的衣服可以说都是优等质料，色调高雅。但在他身上无论哪一处都嫌太大了，裤子挂在腿上只好卷起裤脚以免拖到地上，大衣腰身落到臀部下面，大领子铺在肩膀上。说来很奇怪，这套滑稽装束一点没引起我发笑。相反，因为在这家伙本质里有一种反常的可鄙的东西—— 一种令人胆寒甚至憎恶的东西——所以这衣着上的不相称倒反而与之相配，并加强了他给予别人的反感。所以我在对此人性格的兴趣之上又添加了一种好奇心，想知道其来历、其生平、其财产地位等。

以上这些观察，记录下来花了一大段时间，实际当初只是几秒钟之内的事。我的客人真如火燎眉毛一般着急。

“你拿来了吗？”他叫道，“你拿来了吗？”他的耐心已耗尽到如此地步，使他几乎要把手搁到我手臂上摇撼我。

我把他推开。我感到和他的手一接触就有一种冰冷的痛楚沿着我的血管流动。“嗨，先生，”我说，“您忘了我还没有荣幸认识您，请坐下吧。”尽管那阵时间已太晚，我心里又充满了各种乱糟糟的想法，而且又对这位客人相当害怕，我还是鼓起了勇气。我给他做个样子，坐到我惯常坐的位置上，模仿着我平时接见病人的姿势。

“我想请您原谅，拉尼翁先生，”他很谦恭地回答，“您言之有理，我太急躁，我失礼了，我是照您的同行亨利·杰基尔所请，到这儿来做一桩至关重大的事情。据我了解——”他停下来，把手搁到喉咙上，我看得出他是在强作镇静，他在尽力压制正冒上来的歇斯底里的发作——“据我了解，一个抽屉——”

到此时，我对这位客人的恐惧产生了怜悯，也有可能是我自己的好奇心越来越强烈。

“就在这儿，先生。”我指着一张桌子后面地板上仍然用床单盖着的抽屉。

他一步跳到那里，用手按住心口，我听到他的嘴由于痉挛引起牙齿捉对厮打的声音。他的脸看上去像鬼一样可怕，我惊慌起来，担心他的生命，也担心他会不会发疯。

“镇静些！”我说。

他给我一个可怕的微笑，而且，好像孤注一掷似的，一把拽走了床单，看到抽屉里的东西他发出如此大声的一种宽心的呜咽，以至我完全怔住了。接着他问：“您有量杯吗？”此时他的声音已相当有控制了。

我用了把力气，才从座位上站起身来，递给他所要的东西。

他微笑一下，点点头以示感谢，倒出少量药水，再加进一种药粉。这混合物开始呈现一种微红的颜色，然后，随着晶体渐渐溶解，颜色变得越来越淡，听得见沸腾的声音，并且冒出一小股烟气，忽然，在同一瞬间，气泡的翻腾停止了，溶液突然变成一种深紫色，然后又渐渐变淡，慢慢化成一种水绿色。我的客人凝视着这一变化过程，微笑起来，他把杯子放到桌上，转过身来看着我，好像是在端详我。

“好吧，”他说，“剩下的事咱们来个了结吧。您想不想做一个智者？您愿不愿知道一切？您是情愿让我手里拿着这个杯子离开您的房子，一走了之，再不啰唆；还是情愿让好奇心过分控制您的理智？先好好想想再回答，因为您一决定，就木已成舟了。选择前者，您就会和以前一样，既没富一点，也没聪明一些。当然，您那种对身受致命痛苦的人类的服务精神，可以称为一种财富。反过来，选择后者，那么一种知识的新天地、荣誉和权力的康庄大道就展现在您眼前。现在，就在这房间里，就在这一刻，这奇迹不仅会使您不相信自己的眼睛，甚至足以叫睥睨一切的魔王也折服。”

“先生，”我说，装出一种远非我实际心情的冷冰冰的口吻，“您在故弄玄虚。如果我告诉您，刚才您的话并没有深刻地令我信服，您大概不会见怪吧！但是今天我用莫名其妙的方式为您服务，我已经走得太远了，在看到结果之前，我没法停下来。”

“好的，”客人说，“拉尼翁，您记得您的誓言——下面出现的事情，用我们的职业荣誉担保绝对保密。听我告诉您，您如此长期地被束缚于最狭隘、最实利的观点，您一直否认超越药剂的功用，您嘲笑比您更有才华的人——现在，您请看吧！”

他把杯子搁到嘴上，一口饮完，接着大喊一声，身子打了一个旋转，踉跄了几步，他抓住桌子边不让自己倒下，他的眼睛突出，张开大口喘气……当我凝视着这一切，我看到变化出现了：他好像在膨胀，他的脸突然发黑，五官好像融化了，又好像在变形——突然间我直蹦起来，往后一跳，背靠到墙上。我举起手挡住自己的视线，不敢看这奇事，我的心已淹没在恐怖之中。

“哦，上帝！哦，上帝！”我喊道，一遍又一遍。因为在我眼前的是一个脸色苍白，浑身战栗，几乎要晕倒，两手在前面摸索，好像刚死而复生的人——我前面站着的，正是亨利·杰基尔！

接着他用了一小时时间跟我讲的事，我无法再打起精神写下来，我看够了，听够了，我的灵魂至今犹在恶心。现在，当这景象已在我眼前淡漠，我问自己是否还相信它，我无法回答。我的生命已从根基上动摇，我无法入睡。最致命的恐怖日日夜夜坐在我的身边，我觉得我活的日子已不长了，我已离死不远，但我就是死也不会相信这一套。对于那个人向我揭示出来的道德上的卑鄙堕落，哪怕他已淌着眼泪向我表示忏悔，我现在一想起来，还会吓得心惊肉跳。我只想说一件事，厄塔森（如果你能使你的头脑相信），此事也就够说明问题。那天夜里偷偷跑进我屋子的家伙——杰基尔自己也承认——就是那个全国在通缉的杀死卡鲁的凶手，那个名叫海德的人！

黑斯蒂·拉尼翁

第十章

亨利·杰基尔的自白

我生于一八××年，生来就占有大笔财产，此外，老天还赐予我许多禀赋，以及勤劳的天性，那些善良而聪颖的人的尊敬使我醉心，因此，自然而然地，我注定要有一个声名显赫的锦绣前程。的确，我唯一最坏的缺点就是有一种急不可耐的寻欢作乐的性格，这种性格使很多人得到幸福，却使我很难与自己趾高气扬的傲慢狷介相调和。因此，我在人们面前摆出一副与众不同的庄重神气。我变成这样一个人，时刻隐藏着追求快乐的欲望。当我长大到了能够思考的年龄，我开始观察周围世界，并且估量我在这世界上的前程和地位。此时，我已被紧紧束缚于极端的双重性格之中。我做出的一些不正常的事，许多人甚至会认为值得吹嘘一番。但是我已经形成了一种孤高自诩的性格，这些事使我感到羞耻难受，因此我竭力加以掩盖。我之所以成为现在这样一个人，与其说是由于我的缺点日益严重，还不如说是由于我的抱负过于狂妄。在每个人身上，善与恶互相分离，又同时合成一个人的双重特征。但这两者在我身上有一条比大多数人都更深的鸿沟。在这种情况下，我被迫更深刻地寻根究底地思考人生的严酷法则。这法则是宗教的基础，是最常见的痛苦的根源。虽然我是一个不可救药的两面派，但无论怎样说我都不是一个伪善的人。我的两个方面都是极端真诚的。当我把自我控制丢在一边时，我是我自己，一头扎进可耻的寻欢作乐中；但当我在白天辛勤劳作，促进科学知识发展，或致力于减轻人们的悲惨痛苦时，我就变得更是我自己。恰好我的科学研究方向全部集中于神秘的超越问题，这正反映并清晰地说明了我自己心灵组成部分之间长年不断的搏斗。随着每日的钻研，我的悟性的两个方面，即道德方面和智力方面，都渐渐接近了那个真理。但由于我对这真理只认识了一部分，我的结局注定会如此悲惨。这真理就是：人事实上并非是单一的，而是双重的。我说双重，是因为我的研究成果还没能超过这个水平。别人会跟上来，别的人会在这同一方面超过我。我大胆做一推论，人类最终将被认识到只是一个由各种各样不相容的相互独立的居民构成的政体。而我，就我来说，由于自己的天性，我毫不动摇地朝一个方向前进，只对准一个方向。我从自己的道德和亲身体验中，学会了认识人的彻头彻尾的原始的两面性。我看到两种天性在我良心的战场上角斗，即使把我说成是其中之一，也只是因为我在根本上是两者兼有。从很早起，甚至在我的科学发现向我提示了创造这种奇迹的明确可能性之前，我就学会了自我陶醉地、像做白日梦似的凝神静思，把这些因素区别开来。我对自己说：如果每一因素能放在不同的个体之中，那么生活就可以从难以忍受的桎梏中解放出来。恶人可自行其是，那善良的孪生兄弟不必出来横加指责；他的雄心抱负也不会有所损害，他可以在他步步高升的道路上安全地迈步前进，做他自得其乐的好事，再也不会苦于并非出自他本意的恶行所造成的羞辱或悔恨。这些互不相容的木柴被捆在一起是人类的祸根——在良心这痛苦的子宫里，祸害在于这两个截然对立的孪生兄弟不停地互相殴斗。因此，现在的问题是如何把他们分开。

这就是我当时的想法。就在这个时候，我刚才已提到过，实验桌上得出的结果给我从侧面提供了线索。我开始比我刚才所阐述的想法更深一步地进行思考：我们这个穿着衣服走来走去的，外表似乎挺结实的身体，实际上有一种闪闪忽忽的无定形性，有一种烟雾一样的易变性。我发现某些化学品能抖掉和扯去肉体的外衣，就像风能吹动亭子里的帷幕一样。有两个重要的原因使我在这篇自白书中不想更具体地阐明我的研究结果。首先，我已被迫认识到我们命定的负担，是永远束缚在我们身上的。试图扔开它，只能使它重新落到我们身上。而且压力超出我们已习惯的分量，变得更加可怕。其次，我的下文将非常清楚地说明我的发现是不完全的，唉！因此，我现在所能说的只是：我不仅认识到自然赋予我的肉体只是构成心灵的那些力量所发出的气味或辉光，而且我成功地配成了一种药剂，用它可以把这些力量从至高无上的皇座上废黜下来，而且可以用另一种形式、另一种外表来替代。这第二种形式对我来说同样自然，因为它们是我心灵的低级成分的表现形式，并带着这些成分的烙印。

我在把这种理论付诸实施之前犹疑了很久。我清楚地知道我在冒死亡的危险，因为拥有如此大的力量，能够震动个性堡垒的药剂，稍一不慎，使用过量，或选择的时机只要有一点不对，就会把我想加以改变的那烟雾似的肉体完全毁掉。但是，科学发现的诱惑力是如此强烈，它终于使我克服了恐惧。此后，我花了很长时间配制这种药剂，我从一家化学品批发商号一次购买了大量某种盐类，我从实验中知道这种盐是最后需要投入的成分。在一个该诅咒的夜晚，我终于把各种成分配合起来，看着它们在杯中沸腾，冒烟。当沸腾停止，我壮起胆把药剂一口喝了下去。

紧接着产生的是一种五脏六腑撕裂的痛楚：骨头里似乎有东西在磨，恶心得要命；还加上一种精神上的恐怖，有如诞生或死亡时的痛苦。不久，这些痛苦都过去了。我清醒过来，好像大病初愈。我有一种奇怪的感觉，一种无法描绘的新鲜的感觉，在这新奇感中我体会到一种难以置信的幸福。我觉得自己变年轻了，身体轻快多了，精神上也更愉快了。我内心有一种令人眩晕的鲁莽冲动，混乱的感觉像风车一样在我的幻想中乱转，一切义务感的束缚都不在了。我感到一种从未体验过的，但并非纯洁无邪的心灵的自由。当我在这新生命里呼吸第一口气时，我就明白自己已变得十分邪恶，十倍地邪恶，好像已经把自己卖身为奴，奉献给了我的原罪。在那个时刻，这思想就像酒一样使我振作，使我兴奋，我伸展手臂，生气勃勃的感觉令我欣喜若狂。我一动，立即明白我的体格变得矮小多了。

那时我的房间中没有镜子。我此刻正在写这些时，旁边的落地大镜子是我后来专为这种变形购置的。那天晚上，时间已经很晚，差不多已是第二天早晨了。黎明前虽然很黑，拂晓却行将来临——我屋子里住的其他人此时尚沉于梦乡。胜利和希望使我脸色通红。我决心以我的新形式走一段路，到我的卧室去。我穿过星光灿烂的院子，惊愕地想到我是长夜不眠的星星所见到过的第一个这类生物。我穿过走廊，成了我自己家里的陌生人。我走进房间，第一次在那儿看到了爱德华·海德的相貌。

在此，我只想从理论角度分析这个问题，我谈的不是我已经研究清楚的科学事实，而是在我看来最大的可能性。我把自己的体格已全部转送给性格中恶的一面，这恶的一面比起我刚摆脱的善的一面来说瘦小得多，发育也差得多。此外，我一生之中，使用了十分之九的精力努力工作，去完善道德和自我克制，而这些东西，现在已很少再用，以致精力不易耗尽。我想正是这原因使爱德华·海德比起亨利·杰基尔来是那么瘦小、轻巧而且年轻。善性的光照耀在一张脸上，同样恶德也明明白白地写在另一张脸上。此外，恶德

（我仍然相信这是置人于死地的品性）在身体上留下了畸形和朽败的烙印。但是，当我在镜子中看到这个难看的相貌，我并不觉得反感，相反，却有种一见如故、相见恨晚的感觉：这人也是我自己，也是自然的、人性的。在我看来，他的形象表现了一种更加轻快的精神，他比我以前称为自我的那个不完备的却是仪表堂堂的面貌更来得直截了当、单一纯粹。我以上的分析无疑是正确的，因为我观察到当我以爱德华·海德的外形出现时，没有人能走近我身旁而不心惊肉跳：产生这种现象，据我看，是因为我们遇到的任何人都是善和恶的混合体，而爱德华·海德是人类中唯一纯粹由恶组成的人。

我在镜子前流连了一阵子。那第二步的但却是结论性的实验还需要做，我尚须证实我是否已经无可挽回地丧失了原来的形体，是否必须趁天未亮就从已经不属于我的房子里溜出去。我赶回工作室，再次配制药剂，把杯中物饮下，再一次受到机体溶解的煎熬，于是我又重新返回原身，重新取得了亨利·杰基尔的形体和面貌。

那天夜里，我走到了决定一生命运的十字路口。如果我能用一种崇高的意愿来对待我自己的发明，如果我冒险以身试之只是为了造福人类，一切情况就会不同，我也能从这些生和死的煎熬中走出来，成为一个天使，而不是一个恶魔了。药剂本身是没有倾向性的，它既不属于魔鬼，也不属于天神。它只是推开了我的天性牢狱的大门而已，就像腓立比囚徒，凡是关起来的总得放出来[1]。可是就在那时，我的善的一面睡着了，我的邪恶面因野心勃勃而清醒着，它非常敏捷地抓住这个机会，产生出爱德华·海德。因此，现在虽然我有两个人格，两个外貌，一个纯由恶构成，另一个还是那个旧有的亨利·杰基尔——我早就明白无法改造，也无法改善的一个不调和的混合体。于是在这种情况下，整个局面朝越来越糟的方向发展。

甚至到这把年纪，我仍未完全克服我对枯燥研究生活的厌恶，经常想找点乐趣。我的爱好，说好听一点，是有失体面的，偏偏我不仅声名卓著，受人尊敬，而且随着年事渐高，我生活中这种自相矛盾的情况越来越使我烦恼。正是这个原因，我的新的能力诱惑我，直到使我变成它的奴隶。我只需要喝一杯，立即就可丢弃那个知名教授的肉体，而像穿上一

1　据《圣经》载，圣徒彼得到腓立比城传教，被地方长官囚禁，至夜全城地动，市民大骇，第二天早晨地方官遂恭请彼得出狱。腓立比，希腊东马其顿地区古城，现已被毁。

件大衣一样穿上爱德华·海德的形体。想到这里我不禁莞尔。那时候，这一想法对我来说是相当有趣的。我非常仔细地做了一切准备工作，我在苏活区买了那幢你追踪海德时曾去过的房子，添置了家具，雇用了一个我确认口风紧而在道德上又不大讲究的女仆，我向我的仆人宣布过海德先生（我将此人描述了一番）在我的房子里拥有一切自由活动的权力。为了避免意外，我甚至还来拜访自己，让我的第二肉身在自己家中成为常客。第二步我立了一份遗嘱，就是你竭力反对的那份，这样，万一杰基尔博士出了什么事，我就能进入爱德华·海德身体里去，而不至于遭到经济上的损失。这样各个方面都安排妥帖，我就能从因我的特殊地位而获得的豁免权中得到无穷的好处。

从前有人雇用亡命之徒来干犯罪勾当，而使主人自己的人身和荣誉都可安全地隐藏着。我是第一个能为寻欢作乐这样做的人，我是有史以来第一个人，可以在公众眼前辛勤劳作，德高望重，而一刹那，又像一个小学生把借来的衣服一脱一样，一头扎进自由自在的大海。在无法看透的外衣底下，我自己是绝对安全的。你想——我根本不存在，我只要逃进实验室的门，花一两秒钟配制药物，一口喝下，我就有备无患了。无论我干了什么事，爱德华·海德能像镜子上哈的一口气那样立即消失，而代替他出现的是宁静地坐在家中，在书房中剪烛花的亨利·杰基尔。他对任何外来的怀疑都可一笑置之。

我在伪装之下急不可耐地去追寻的那种赏心乐事，我已经说过，是有失体面的。我不想使用更严重的罪名，在爱德华·海德手中，它们很快变成暴虐凶残的化身。每当我从这种夜游中归来，我常对我这位代理人的罪恶行径感到吃惊。这个我从自己的灵魂深处召出来，并打发出去寻找欢乐的朋友，实在是一个本性凶残的家伙。他的任何行动，任何想法，都完全以自我为中心。他带着野兽般的贪欲寻欢作乐，而不惜给其他人以任何程度的痛苦和折磨。他像石头一般无情。亨利·杰基尔有时在爱德华·海德的行为前目瞪口呆。但这种罪孽法律无可奈何，甚至良心也无须自责，毕竟有罪的是海德，与杰基尔毫无关系。他一早醒来仍旧是一个德才超群的知名人士，名声丝毫未受损害。只要有机会，他甚至愿意赶快对海德做的坏事加以补偿，这样他就不会良心不安了。

我参与的不光彩的事的详情我不想多谈（因为至今我还不愿承认这些事是我做的），我只想说警钟是如何开始敲响的，我的惩罚是如何一步步来到的。我遇到一件小事，因为没产生什么后果，所以我不想再提。一桩虐待一个孩子的事，引起一个过路人的义愤，后来我发现这个人是你的亲戚。医生和那孩子一家都来了，一时我担心自己的生命，为了平息他们理由十足的愤恨，爱德华·海德不仅有必要把他们带到那所房子的门口，而且还得用亨利·杰基尔的支票赔一笔钱。但这种危险今后可以避免。我在另一个银行用爱德华·海德的名义另立了一个户头，而且，我让笔迹向后倾倒，给另一个自己也造了一个签字体。我想，以后就可万无一失了。

在丹佛斯爵士遇害之前两个月，有一次我出去冒险，回到家里已经很晚。第二天早晨醒来时，我有一种奇特的感觉，我抬头四顾，看看房间、家具，没发现什么异样，然后我看到帐帷的花纹和红木的床架，我感到似乎不曾睡在家里，我醒得不是地方，好像是在苏活区，在我惯于以爱德华·海德的身份就寝的小房间里。我对自己笑了笑，我懒洋洋地用心理学方法分析刚才的幻觉。在这过程中我竟然又舒舒服服地打了个盹。当我还在想这件事的时候，我清醒了一些，我的眼睛落到自己手上。你知道，亨利·杰基尔的手是科学家类型的，宽大，白皙，很有样子，而此刻在伦敦早晨的阳光下，我看得很清楚，那半握着、搁在床单上的手瘦削，青筋毕露，骨节突出，像天幕那么苍白，而且厚厚地长着一层黝黑的毛。这就是爱德华·海德的手。

我瞪眼看着这手几乎有几秒钟之久，惊奇得发呆了，直到恐怖在我心中敲响，有如钟钹齐鸣。我从床上直跳起来，冲到镜子前，上面映出的样子令我魂飞魄散，全身冰凉。确实，我昨夜已经恢复为亨利·杰基尔，但醒来后却又变成了爱德华·海德。这如何解释呢？我问自己。但另一个问题又吓住了我——目前如何补救？现在已是上午，仆人们早已起来，而我的药剂却在工作室里——要走一大段路，过两道楼梯，穿过走廊、院子和那间阶梯教室。我站在那里，呆若木鸡。当然可以把脸遮起来，但我身材变得太厉害，这如何隐藏？过后，我想起来仆人们对我的第二自我在这屋子里出入也已习以为常了，这才如释重负。我立即穿衣，用我自己的衣服尽可能装束得像样些，迅速穿过屋子。布拉德肖看到海德在这么早的时候穿这样一套怪衣服出现，惊奇得直往后退。但十分钟后杰基尔博士又恢复了原形，满面愁容地坐下来，装出一副吃早饭的样子。

当然我毫无胃口。这件无法解释的事，颠倒了我往常的经验：就像巴比伦的手指，在墙上写出我的判决[1]。我开始更严肃地考虑我的双重存在中的各种问题和各种可能性。我变化出的那一部分自我最近以来经过了锻炼和滋养，似乎爱德华·海德的体格开始长大，而且（当我变为这个形体时）血气更旺盛了。我开始意识到一种危险：如果情况任其发展下去，我天性的平衡会永远地向另一边倾倒，自愿的变化将会变成强制性的，而爱德华·海德这角色就会变成不可改变的自我。药剂的效应不是均衡地表现出来的。很早以前，有一次我曾彻底失败，自此以后我就被迫不止一次地将剂量加倍，甚至有一回，冒极大的生命危险，用了三倍的剂量。迄今为止我对自己的发明颇为自得，但那几次的失败证明我的研究尚有很大的问题。现在，看到今天上午发生的情况，我不得不做出结论，起初的困难在于摆脱杰基尔的肉体，而后情况就逐步地、确定无疑地向另一个方向转变。一切情况都证明了这一点。我慢慢失去了对善的第一自我的控制，渐渐

1　据《圣经》载，巴比伦王伯沙撒荒淫无道，天怒人怨。在一次宴席上墙上忽然出现一个手指，写下几句谁也不懂的话。后有一犹太先知翻译说，墙上的字意为：你天数已尽，你将死，国家崩溃。当夜王即被暗杀，巴比伦国四分五裂。

与恶的第二自我紧密结合。

看来我不得不在这两者之中进行抉择了。我的两个自我有共同的记忆，但其他能力却分配得很不均衡。杰基尔（他是复合性的）一会儿有最理智的恐惧，一会儿有贪婪的欲望，既能变化为海德，又能分享海德的冒险；但海德对杰基尔却完全漠不关心，即使想起他，也只是像一个山中大盗想到他可以作为躲避追捕的洞窟而已。杰基尔对海德的关切比父爱还强烈，而海德对杰基尔之冷漠又超过一个逆子。如果将我的命运与杰基尔结合在一起，就必须从此洗手不干，放弃那些我一直偷偷享受而最近又有些肆无忌惮放手行事的癖好；但若与海德共命运，则意味着我的无数兴趣和雄心抱负势必全部告终，从此变成一个人所不齿的、亲朋不屑一顾的人。这份交易似乎是太一边倒了。但在天平上还有一层考虑：杰基尔为克制欲望受尽煎熬，而海德甚至根本想不起来他的损失。我的处境固然特殊，但这场利弊权衡却是自有人类以来就有，屡见不鲜的；对每个由于受到诱惑而战栗的罪人来说，他们一样必须在诱惑和恐惧之间做一抉择。我的抉择，正如我的同类中绝大多数人的选择一样，选择了善，但我发现要坚持下去极其困难。

是啊，我情愿做那个年老的、欲壑难填的博士，好友如云，情操高尚，向我以海德的伪装享受到的自由放纵、青春年华和轻快的步伐、兴奋的冲动以及秘密的欢乐等坚决告别。不过我虽然做了这一选择，可能仍不自觉地有所迟疑，因为我既没有放弃苏活区的房子，也没有烧毁爱德华·海德的衣服，那些衣服我收在柜子里。有整整两个月，我忠于我下的决心。两个月之中我比前一段时期严于律己得多，我听到良心的赞赏，我感到欣慰。但终于时间又模糊了我记忆犹新的恐怖，而良心的夸奖又变成了不言而喻本该如此的事。我开始备受渴望的痛苦，仿佛海德正拼命想挣脱出来。最后，在道德感软弱的那一刻，我又配制了药剂，一口喝下了变形药。

我认为，当一个醉汉就自身的罪孽与自己辩论时，他在五百次自我辩解中没有一次能不受那畜生般的肉体上麻木不仁的影响。同样，虽然我长期考虑过我的处境，却没能给予作为爱德华·海德主要性格的道德上的麻木不仁和无理智的作恶倾向以足够的重视，而我正是因此才受到了惩罚。我的魔鬼被关在笼里太久，一旦放出来就放肆咆哮。甚至当我喝药时，我就意识到我有了一种更疯狂的作恶癖好，正是这种癖好在我灵魂中掀起了脾气暴躁的风暴。当我在听那个不幸的受害者彬彬有礼地讲话时，我心中正是这种风暴在狂啸。至少在上帝面前我可以宣称没有一个神志健全的人会因这样微不足道的小事犯下那种罪行。我在动手时，并不比一个小孩任性地打碎一件玩具更理智一点，我已经自愿地从我身上除去了那维持平衡的本能。而这种本能，是我们当中最坏的恶人也能以一定程度的稳定步伐在诱惑中行走的必要因素。而对我来说，任何微小的诱惑都会导致堕落。

立即，恶在我身上苏醒并大显神威，带着一种狂喜，我蹂躏着那个毫无抵抗力的人。每击一下，我都感到痛快，直到达到兴奋的高峰，我心中才突然透过一阵恐怖的凉气。迷雾散开了，我看到自己有必将偿命的危险，才从暴行的现场逃走。我同时感到欢乐和恐惧，我作恶的欲望得到了满足，同时又受到更大的刺激，因而我对生命的留恋达到了最紧张的高度。我奔到我在苏活区的房子，为了保证我的安全，我烧毁了一切文书。然后我又重新穿过路灯照亮的街道，心里还是又欢喜又恐惧，我为自己犯下的罪行扬扬自得，心情轻松地准备再干它几桩，可是我却又急急忙忙赶路，仔细倾听后面是否有人追踪。海德重新配药时，高兴得真想唱起歌来。为祝福那死者，他干了那一杯。但变形的剧痛尚未结束，亨利·杰基尔已经泪流满面，感激和悔恨交加，他跪倒在地上，紧合双手向上帝祈祷。那自我放纵的幕布已从头到脚撕去，我看到了我的一生，我想到我的童年时代，当我还由父亲牵着手走路的时候；我也回忆起长年清心寡欲、夙夜不寐的科学研究生活。我一次又一次地回到那天夜里的恐怖情景里去，但总感到那并非现实。我痛苦得想尖声大叫，我流着眼泪祈祷着，想压下我的记忆硬塞给我的大量可怕的形象和声音。但是，在这些祈求中，我那不安分的性格的丑脸依然在向我的灵魂凝视。当悔恨的剧痛终于渐渐消失，接踵而来的反而是庆幸：我的去向问题得到了解决，海德今后不可能再出现。不管我是否愿意，我现在已被束缚于我生活中善的部分。哦，想到这点我是多么高兴！我带着何等心甘情愿的谦恭重新拥抱正常生活的约束！我带着何等真诚的重新做人的心情锁起那扇我经常进出的门，并且用脚踩裂钥匙。

第二天消息传来，说是那桩谋杀案已开始侦查，海德的罪行已公之于世，而受害者是一位深孚众望的人，这不仅是一桩犯罪行为，而且是一桩悲剧性的罪孽。听到这些，我很高兴，我想这可以加强我向善的动力：绞刑架的恐怖可以保证我非走这条路不可。杰基尔现在是我避难的城堡，海德只要一露脸，所有的人都会举起手来要他的命。

我下决心以行动补偿我的过失。现在，我确实可以说我下的决心还是做了一些好事。你自己也知道我在去年最后几个月是如何真心诚意地做各种善事以减轻世人的痛苦的。你知道我为人们做出了多少善行。那些日子我心绪安宁，几乎可说是快乐欢欣，而且我并没有对这种乐善好施的清白生活感到厌倦。恰恰相反，我很喜欢这种生活。但我仍然被那两面性拖累。在我悔改的最初阶段，曾长期使我醉心的自身的卑劣倾向渐渐减退，并被锁入牢笼，但到后来它又开始号叫，企图挣脱出来，我又开始梦想让海德复活。这个赤裸的念头震惊了我，使我疯狂。不，这是我自己受到诱惑而玩弄自己的良心，正如一个未被揭发的罪犯一样。最后，我终于在诱惑的攻击面前倒下了。

万事总有了结之日，再大的容器也终归要盛满。我的恶德的这次短暂的屈尊最后摧毁了我心灵的平衡。我并没有感到惊诧，这次堕落看来是很自然的，就像回到了我做出这科学发现之前的日子。那天正是一月，天空晴朗。霜融化的地方，脚下有点潮湿，但头上是万里碧空，摄政公园[1]充满冬末的鸟语和初春的花香。我坐在长凳上晒太阳，有点昏昏欲睡。我内心的那头野兽却正在贪婪地回忆往事。虽然它许愿会再进一步悔过，但不曾有付诸行动之意。我想，反正旁人不比我强多少，而且，把我与其他一些人相比，把我积极的善行与某些人麻木不仁、懒懒散散的残酷相比，我还能对自己微笑。就在这虚荣心产生的一刹那，我突然一阵痉挛，一阵可怕的恶心，一阵痛苦不堪的战栗，等这一阵发作过去，我晕倒了。不过眩晕的感觉也接着消失了，我感到心情变了，我变得胆大鲁莽，藐视一切危险，敢把一切人世的束缚抛到九霄云外。我朝下看，我的衣服走了样，挂在我紧缩的四肢上；搁在膝盖上的手青筋暴起，长满了毛。我又成了爱德华·海德。几秒钟之前，我还是安享尊荣、富有并被人钦慕的人——家里的餐厅桌子已摆好，正等我去用膳；而我现在却成了一个人们追捕的对象，一个无家可归的、恶名昭著的杀人犯，一个该上绞刑架的罪人。

我神志已昏乱，但没有完全失去思考能力。我不止一次

1 伦敦市内一著名公园。

观察到，在我的第二个自我身上，我的能力反而更强了，我的精力更加旺盛。因此出现了这样的情况：在杰基尔可能手足无措的时候，海德却能应付自如。现在我的药剂在工作室的一个柜子里，如何才能弄到手呢？我手按住太阳穴，思考这个问题，我必须解决。实验室门已锁上，如果我从大门走进去，我自己的仆人会把我捆送警方。我明白必须另外请人帮助，我想到了拉尼翁。怎么通知他呢？又如何请动他呢？假定我在街上走而不至被捕，我又如何走到他前面呢？而我，一个素不相识、让人厌恶的不速之客，又如何劝说这位名医到他的同行杰基尔博士的书房里去搜查一番呢？这时我想到了我仍具有的我原身的一个能力，那就是我的字迹仍旧未变。我一想出这个能点燃大火的火星，就清楚地看出了从头至尾我必须采取的步骤。

于是，我尽可能把衣服整理得像样一些，叫了一辆路过的出租马车，驶往波特兰街一家我碰巧还记得名字的旅馆。看到我这副模样（我的样子确实够滑稽的，虽然这衣服遮盖的是一个悲惨的命运），马车夫忍俊不禁，微笑起来。看到他如此无礼，我在一阵狂躁的怒火中朝他咬紧了牙齿。不过他的微笑马上就消失了，这对他是好事，对我更是万幸，不然再过一秒钟，我肯定要把他从座位上揪下来。我走进旅馆，环顾四周，表情如此阴森，侍者吓得直哆嗦，在我面前他们不敢抬头看我一眼，他们谦恭地执行我的指示。他们把我安排在一个单间，给我拿来文具。一个处在危险之中的海德对我来说还是新东西。他由于恼怒过度而发抖，恼怒到想要杀人的地步，渴望找个人来折磨一番。但这家伙还是很狡猾，他竭尽全力控制住暴怒，写完了那两封重要的信件：一封给拉尼翁，一封给普尔。他要得到明确证据：信已发出。所以他指示一定要发挂号信。

此后，他在单间的火炉边咬着指甲终日坐守。他在房间里吃饭，与他同座的只有他的恐惧。侍者在他眼前畏畏缩缩。当夜幕全部落下时，他搭上一辆密闭的出租马车，从旅馆出发，在这城市里来回兜圈子。我说“他”——我没法说那是我——那个地狱之子没一点人性，此刻他身上没别的思想，只有恐惧和仇恨。后来他想到马车夫可能会起疑心，就把马车夫打发走，冒险步行，穿着他那套不合身的衣服，这倒是个很引人注目的目标。他走在那些夜行者之中，心中如被风暴狂卷的仍是那两种卑劣的感情。他快步疾行，被恐惧所驱赶，他自言自语，偷偷地穿过行人稀少的街道，计算着到午夜还有多少时间。有一次，一个女人对他说话，我想那是想卖给他一盒火柴罢了，他扇了那女人一个耳光，那女人吓得逃跑了。

当我在拉尼翁家里恢复原形后，我的老朋友失魂落魄的情景使我有点不安。但我也不太清楚，因为这种不安与我现在回顾那一天前前后后所感到的憎恶相比简直不值一提。我身上出现了一种变化，折磨着我的再也不是害怕绞刑架，而是害怕再变成海德。我似梦非梦地听完了拉尼翁的谴责，然后在半梦中地回了家，睡到床上。整个白天大部分时间我都沉睡着，神经虽然紧张，却睡得很死，甚至那纠缠住我的梦魇也没能使我醒过来。等早晨醒来，我精疲力竭，但已恢复了体力。我仍然害怕心中的那个野兽，我当然也没忘记使人胆寒的前景，不过我已回到自己家中，药剂就在手边。我从九死一生之地逃脱，一种感恩的心情照亮了我的心灵，似乎是给了我光明的希望。

我当时正吃过早饭，懒洋洋穿过院子，高兴地吸着凉飕飕的空气，突然，我又感到那预示变形即将到来的无可名状的感觉向我袭来。我只勉强来得及赶回我的工作室，就又变成了怒火冲天而又吓得浑身冰凉的海德。这次我喝了双倍剂量的药剂才复原。但是，唉！六小时后，当我坐着，悲伤地看着炉里的火光时，剧痛又回来了，我又得服药。简单地说，从那天起，我尽管用尽各种本领保持平衡，也只能在药物的短期作用下才能维持住杰基尔的外貌。白天黑夜，每时每刻我都可能受到预兆性颤抖的袭击，特别是在我睡着时，或是在椅中稍打一会儿盹时，醒来时就又变成海德。末日已迫在眉睫，加之我现在又开始苦于失眠症。这精神压力之大，超过了我过去想象的人所能忍受的限度。在这种情况下，我的原身已变成了一个被痛苦蚀完的人，身体上、精神上都已十分委顿衰弱。我只想着一件事：害怕变成另一个我。但每当我睡着，或当药力过去，没有任何过渡期（因为变形的剧痛日益微弱），我会立即变成一个满脑子恐怖幻想、灵魂沸腾着无名仇恨、身体瘦弱得似乎不可能再包裹那么多狂暴生命力的人。海德的力量似乎随着杰基尔病况的日渐严重而日益增强，他们之间现在对对方都怀着相同的仇恨。对杰基尔来说，这仇恨是一种求生的本能。他现在已看清了这个家伙的面目，这个家伙分享他的一部分意识，而且将与他一起走向死亡；除了这些使他感到痛苦的共同点外，他心目中的海德虽然有很强的生命力，但也不过是一个物件，不仅模样丑恶，而且毫无生机可言。这洼潭里的污泥居然也能呼号讲话，这无定形的尘土居然有步态姿势，居然也能作孽犯罪，这无生命的东西竟然窃据了他生命的府邸，真是桩叫人震惊的事。还有，这如潮涌来的恐怖与他的结合居然比夫妻还密切，比眼睛置于骨肉中还紧密。他听到这恐怖在他身体里叽叽咕咕地说话，他感觉得到它挣扎着要生出来。在每个软弱的时刻，在每次睡眠的疏忽中，这恐怖就能战胜他，夺走他的生命。但是海德对杰基尔的仇恨却是另一种类型。他对绞刑架的恐惧驱使他不断地进行暂时性的自杀，回到他作为人的一部分的从属地位，而不再是整个人。但他憎恨这种必要性，他憎恨杰基尔现在已无法自拔的沮丧、失望的状态，他怨恨杰基尔那么厌恶地对待他，所以他像个人猿一样跟我捣蛋，用我的笔迹在我的书页上涂满了亵渎神明的语句，烧了我所有的信件，毁了我父亲的肖像。而且，实际上如果不是怕死，他早就会用毁灭自己来把我也拖入毁灭。但他对生命真心热爱，这样我就占了上风。我一想起他就恶心，就浑身打寒战。当我想起他对生命的留恋使他的心境如何凄惨，又如何充满渴望时，当我知道他如何害怕我会用自杀来摆脱他时，我心里不禁对他多少有点怜悯。

用不着再多花笔墨描述这情形了，而且时间已所余无几，从来没人受到过我这样的磨难和痛苦，这样说已足够说明问题了。久而久之，习惯最后带来了一种心灵的麻木，一种默认的绝望，却没使痛苦缓解。对我的这种惩罚应当可以延长好多年，但最后的灾难降临了，终于使我与我的面貌、本性一刀两断。自从第一次实验以来，我所需的那种盐一直没有重新购置，现在不够用了。我遣人去购买，并且用新货制备溶液，同样有沸腾，同样有第一次变色，但没有第二次。我喝下去，但发现无效。你能从普尔那里得知我如何在全伦敦搜寻药剂，却毫无结果。我这才明白那批货是不纯的，正是我还不认识的那种杂质，对药剂产生了效力。

大约一个星期过去了，我现在正在利用我最后一份旧药剂的作用来结束我这叙述。没有奇迹药物，这就是杰基尔能有自己的思想，能在镜子中看自己的脸（已经变了那么多）的最后一次机会！我不能多耽搁，得赶快写完，我的这些叙述未遭毁灭，完全是因为我特别谨慎，再加上侥天之幸。万一变形的痛苦在我写作时突然袭击我，海德就会把这些纸撕成碎片。但如果我事先把它藏到一边，隔一段时间，海德那种奇特的利己主义，以及那时的环境限制，或许能使这封

信从他那兽性的怨恨中侥幸留下。实际上，我们俩共同的末日已经到来，这已使他有所变化，精神崩溃。半小时之内，我又会变成那个可恨的人，而且永远留在里面了。我知道我将坐在椅子中，发抖，哭泣，或者竖起耳朵，恐怖而出神地谛听着，继续在这最后的避难所里来回踯躅，倾听每个威胁的声音。海德会死在绞刑架上吗？还是他有勇气花最后一刻解脱自己？上帝才知道，我并不在乎。此刻已是我真正的临终时刻，接着发生的事只与另一个我有关。在此，我放下笔，站起身来封装我的自白书，同时也让不幸的亨利·杰基尔的生命来一个结束。

译后记

> 我顿时想起《杰基尔博士与海德先生》(即《化身博士》)那本书，因为勃列日涅夫刚才还在笑着拍我的肩膀，现在却愤怒地责骂我……
>
> ——《尼克松回忆录》

这是尼克松在回忆录中描写1971年苏美“最高级会谈”时写的话，的确，史蒂文森这本名著的标题早已变成了一个含义复杂的普通名词。“两面派人物”只是这个词的一部分含义。

英国19世纪后半叶的著名作家史蒂文森在我国已久享

盛名，但他在我国读者中的名望主要来自他那些异常吸引人的冒险小说——《金银岛》《绑架》《新天方夜谭》等等。这些书我们在少年时代就爱不释手。我们成人后，虽很少再去翻阅，却还常常回想起当年如痴如醉地神游于海盗的冒险活动中，忘了吃饭，不想睡觉因而挨骂的情景。

但是，就史蒂文森本人而言，上述评价多少有点委屈了他。史蒂文森不是一个专写冒险小说的作家，虽然在他成熟期的作品中故事情节依然那么紧张生动，但在这些故事后面，他能深刻地剖析资本主义社会中日益严重的道德问题，无情地揭示在危机中战栗的人的本性。

史蒂文森在中国之所以没有被读者全面理解，是因为他成熟期一些内容深刻的名著没有很好地被介绍过来。就拿这本或许声誉超过《金银岛》的名著《化身博士》来说吧，20世纪30年代李霁野先生曾翻译出版，但印数极少，现已无处可寻；20世纪40年代好莱坞改编的电影（多次改编中的一次）曾在我国放映，把这个含有深刻哲理的小说变成一个令人心惊胆战的恐怖故事，这也无疑使人们对史蒂文森作为一个冒险小说作家的印象更加深刻了。

请读者在即将合上本书时想一下，你读到的究竟是一个什么故事呢?

人的双重性格向两极分离开来，甚至，在科学的帮助下，进入不同的肉身——这一构思是够怪诞够新奇的。但除此以外，主题似乎既不复杂也不深刻，东西方的哲学著作、宗教经典中早就在反复说教：每个人的心中都有善与恶在斗争，得时刻戒备人心中的恶魔云云。

即使在道德问题上，史蒂文森也没有像现实主义作家那样深究善与恶的社会的历史的原因，没有像自然主义作家那样去探究道德的遗传因素，也没有像心理小说作家那样去剖析潜意识动机的隐显问题——从这些方面看，《化身博士》似乎仍像史蒂文森1886年之前的冒险小说一样，只不过以高速展开的情节和紧张的戏剧效果取胜而已。

但是，让我们仔细推敲一下这本书中对主人公性格的刻画，我们就面临一些根本性的问题：究竟杰基尔博士之热心慈善事业是否就是“善”? 海德之耽于玩乐是否就是“恶”? 道德标准本是一个随不同历史环境和人的不同社会地位而变化的因素，人性本是一个完整合一的整体，只不过在特定的社会环境中才分裂开来。英国批评家西蒙兹评论《化身博士》时说：“在我们生命的某个阶段，恐怕每个人都面临教养出一个海德先生的时刻。”的确，杰基尔-海德式的人格分裂如果是一个普遍的可能性，那正是因为人的本质是社会关系的总和，非人性的、异己的阶级性会把人格压裂了，而且把裂开的两部分的距离拉大到杰基尔博士不得不用两个不同的肉体来收容的地步。

如果上面的论述有点玄，那我们就说得具体一些：杰基尔博士有财产，受敬重，这个地位使他不得不摆出德高望重的架子，使他不得不竭力掩盖他的本性在某些方面表露的机会。虚伪——这就是资本主义社会强迫杰基尔博士饮下的毒剂。杰基尔发明的分身药只是挽救这种人格分裂的措施。即使他不弄出一个惹来杀身之祸的海德，即使杰基尔得以善终，他的深度人格分裂也使这个道貌岸然的人的人性死亡了——这也就是资本主义社会中许多人的命运。

因此，有的评论家认为这本小说的主旨是科学文明导致人的悲剧，科学的误用使人毁灭。这种看法很难令人同意，小说揭示的是科学无法改变社会所决定的人性被切割的悲剧命运，而人性的恢复完整，只有在社会的根本改造后才能实现。可能史蒂文森没能想得这样深刻，但他创造的生动形象启发了我们朝这个方向思考。

现代科幻小说史把史蒂文森这部作品列为科幻小说的经典作品之一，虽然史蒂文森当初并非有意写科幻小说。实际上我们似应把这类作品称为“拟科幻小说”，只要拿它与儒勒·凡尔纳的大部分作品一比，我们就可明显看出其中的不同。在儒勒·凡尔纳的小说中，有趣的情节是为戏剧性地表现科学内容服务的；相反，《化身博士》是以科学为情节，戏剧性地表现人的社会活动和心理活动这一主题的。但反过来说，“拟科幻小说”实际上可能是科幻小说产生和发展以来的主流，而儒勒·凡尔纳式的小说反而是支流。从马克思很欣赏的雪莱夫人所著的《弗兰肯斯坦》（1818）到《化身博士》（1886），一直到威尔斯的《隐身人》（1897），这是科幻小说在20世纪正式成为主要文学体裁之一前，英国作家对科幻小说事业重要的开拓工作。我们把这三本著作一比，就可以发现它们都是“拟科幻小说”，科学活动只是外壳，人的命运——这个文学的共同主题——才是核心。20世纪一些最杰出的科幻小说，实际上也是走的这条路。毕竟，科学与人的命运究竟应如何结合，是一个永远需要人类耗费精力解决的问题。

至于罗伯特·路易斯·史蒂文森本人，中国读者还是比较熟悉的，不用在这里多做介绍。但是，或许《化身博士》的读者不无兴趣的，是杰基尔—海德的创造者本人不断地勇敢克服生活道路上的矛盾的一生。这位名作家1850年出身于苏格兰爱丁堡一个富有的、笃信宗教的工程师家庭。当他十七岁进爱丁堡大学时，父亲要他做一个工程师，但史蒂文森不同意。一场激烈争吵的结果是双方让步，他改学法律。虽然1875年史蒂文森被授予律师资格，但他从未开业，因为他不想过这种两重人格的生活。他自少年时就有当作家的愿望，十多岁就开始模仿名作家作品大量写作。在大学时代，他在生活方式上也变成一个浪漫文人，喜欢在爱丁堡下层社会中活动。他曾仔细观察社会上的各种人物，后来在小说中为他们画出一个个生动的肖像。由于自幼染上的肺病渐渐严重，他不得不长期旅居国外，在国外写出了他最早一批游记作品。他那优美细腻、文笔洗练的文风开始吸引读者的注意。

在生活的另一个转折关头，他又与家庭发生了冲突：他在法国遇到一位美国妇女范妮·奥斯本，两人产生了爱情，范妮比他大十岁，已有两个孩子。当范妮回加利福尼亚，而史蒂文森回英国告诉父亲他要和这位妇女结婚时，全家大骇，坚决反对。史蒂文森掉头就走，赶往美国，在那个交通不便的时代横越美洲大陆去找范妮。当他到达旧金山时，已是分文不名，贫病交加。儿子的毅然出走使恪守礼教的父亲只得投降。史蒂文森和范妮幸福的婚姻使他的创作生涯进入了高峰期，甚至范妮的儿子劳埃德也成为史蒂文森的伙伴，后来竟成为他的文学合作者。

史蒂文森的第三次坚决行动可能更富于传奇色彩。1888年，《化身博士》写出后两年，他举家离开英国。到达旧金山时，他租了一艘游艇，从此在海上生活，在南太平洋的岛屿间漫游，最后定居在只有“野蛮人”居住的萨摩亚岛。在那里，他感到身心健康，完全变了一个人，而他的作品也越来越成熟了。1894年他在萨摩亚逝世时，不是死于纠缠了他一生的严重肺结核，而是死于脑溢血。

史蒂文森留下许多书信。他逝世后，他的终生密友科尔文不愿把自己收到的大量史蒂文森的信公之于世，而只赠给苏格兰国家图书馆，附了一个“杰基尔式”的条件——要到1949年才能启阅。文学史家和史蒂文森作品研究者一直认为这些信中大约有史蒂文森自己的“双重性格”的证据。其实也不奇怪，一个终生苦于疾病的半废人，作品却总是那么富于生命力，这很可能是强迫改变自己的天性所致。但当急不可耐的文学界的厄塔森们1949年启读这批信件时，他们没有发现一个苦恼地混迹于这个虚伪世界的杰基尔博士。他们看到的史蒂文森是一个敏感而冷静、不断观察着人世的作家，对生活并不抱不切实际的幻想，但在面临抉择时却能勇敢地为幸福而战。

赵毅衡

1980年11月于北京

图书在版编目（CIP）数据

化身博士：插图典藏版 / (英) 史蒂文森 (Stevenson) 著；(美) 加里·凯利 (Gary Kelley) 绘；赵毅衡译. -- 长沙：湖南文艺出版社, 2022.4（2024.2重印）

ISBN 978-7-5404-9823-8

Ⅰ. ①化… Ⅱ. ①史… ②加… ③赵… Ⅲ. ①长篇小说—英国—近代 Ⅳ. ①I561.44

中国版本图书馆CIP数据核字(2022)第025249号

化身博士：插图典藏版

HUASHEN BOSHI: CHATU DIANCANGBAN

著　　者：〔英〕史蒂文森
绘　　者：〔美〕加里·凯利
译　　者：赵毅衡
出 版 人：陈新文
责任编辑：陈志宏
封面设计：Mitaliaume
内文排版：钟灿霞　钟小科
出版发行：湖南文艺出版社
（长沙市雨花区东二环一段508号 邮编：410014）
印　　刷：长沙超峰印刷有限公司
开　　本：880 mm×1230 mm 1/32
印　　张：4.75
字　　数：70千字
版　　次：2022年4月第1版
印　　次：2024年2月第2次印刷
书　　号：ISBN 978-7-5404-9823-8
定　　价：58.00元

DR JEKYLL AND MR HYDE

by Robert Louis Stevenson

Published by arrangement with Editorial Vicens Vives S.A.,

Av. De Sarriá, nº 130, E-08017 Barcelona, Spain.

著作权合同图字：18-2021-035